Du même auteur

Les invitées, nouvelles (ÉLP Éditeur, Montréal, 2018 pour la version numérique. BOD, Paris, 2019 pour la version papier)

Les petits gouffres, nouvelles (Mercure de France, Paris, 2011), prix Renaissance de la nouvelle 2012.

Dernières lueurs, roman (Mercure de France, Paris, 2008).

Suzanne ou le Récit de la honte, roman (Mercure de France, Paris, 2007), prix Thyde Monnier 2007.

Cantiga Para Ja, Place de la Révolution, théâtre, co-écrit avec Jean-Pierre Sarrazac (Éditions Coimbra Capital Nacional da Cultura – Portugal, et Éditions Xerais de Galicia – Espagne, 2003).

La fin des paysages, récit (Éditions du Laquet, Martel, 2001).

Les Cris, théâtre-récit (Éditions du Laquet, Col. Parole en page, Martel, 1999).

Un homme

Christina Mirjol

UN HOMME

Roman

C M

© C M, 2020

PRÉFACE

Nous les croisons tous les jours dans les rues de nos villes. Ils ne nous indiffèrent pas, il s'en faut, mais démunis que nous sommes face à leur présence, nous détournons le regard et même si nous ne voulons pas les ignorer, nous ne les connaissons pas. Si proches – ce sont nos villes, nos rues, nos trottoirs, nos entrées d'immeubles – et si radicalement étrangers. Et c'est un homme, pourtant, comme nous, lui, l'étranger. C'est cette évidence que redit le titre – et le roman – de Christina Mirjol, où l'on pourrait entendre l'écho du *Si c'est un homme* de Primo Levi. Car l'univers concentrationnaire, qui arrache à l'homme son humanité, a envahi l'espace de nos villes et gangrène notre propre humanité. Dans cet espace, l'homme de nulle part est partout désormais, dans ses esplanades à ciel et à vent ouvertes, dans ses recoins et ses interstices. Partout où nous sommes, ne sachant que faire de ce « saboteur […] des dîners entre amis, des matinées tranquilles, du repos mérité, de la douceur de vivre », ce « fauteur de troubles », cherchant l'impossible oubli de sa présence.

Cet homme, un parmi des milliers d'autres, que

le hasard d'un matin glacé a mis sur son chemin, Christina Mirjol ne va pas l'oublier. Elle va aller le chercher, lui l'anonyme par excellence, dans ce non-lieu de la ville, ces trous à rats où il disparaît, pour nous le *présenter*. C'est d'ailleurs lui qui vient la chercher, sans le vouloir ni le savoir, lorsque, rentrée chez elle (elle, la narratrice, elle, l'autrice) après la rencontre, il vient hanter la « pénombre bleue [qui noie] » le salon – ce qui se dit aussi : être interpellée.

L'opération se déroule en deux temps précédés d'un prologue, dans lequel l'homme est d'abord saisi dans sa généralité d'homme des rues. Un archétype, sans domicile fixe entre la ville et ce qu'il reste en elle de nature, entre terre et cosmos, pris dans les rets d'une errance animale, en quête d'une tanière pour la nuit.

Passé ce prologue, le premier temps est celui de la rencontre. Elle n'échappe à la banalité quotidienne que par le froid glacial, et comme surnaturel, qui transperce même celles et ceux à qui leur condition permet de s'en protéger (d'un vêtement chaud, d'une paire de gants). Une apparition déchirante sur une esplanade que les lecteurs familiers de Paris identifieront sans peine, entre cinéma où l'on attend l'ouverture des portes pour la séance du matin et Très Grande Bibliothèque.

Le second temps est plus bouleversant encore.

Le processus d'empathie, vécu et donné à percevoir de l'extérieur dans la première partie, à travers le regard de la narratrice et de son mari, s'intériorise. C'est le passage au je qui manifeste ici l'irremplaçable et sublime pouvoir de la littérature : cet inconnu va se révéler à nous dans son irréductible humanité. Ce n'est pas pour autant une parole réaliste telle que le roman ou le théâtre naturalistes ont pu tenter de la "reproduire". C'est une parole écrite, la parole d'une écrivaine qui ne peut que l'imaginer et, dans un geste inouï, la *délivrer*.

L'homme, cet homme, parle. C'est le propre de l'homme. Et comme il n'a personne à qui parler, il parle à son caddie, son compagnon de tous les jours. Et cette parole traduit ou épouse le mouvement même de sa pensée telle que Christina Mirjol la réinvente.

Ce geste de littérature et d'humanité, soutenu par le renversement du point de vue, la bascule de l'extérieur vers l'intérieur, et le croisement saisissant qui en résulte dans la seconde partie, fait la force du roman, qui culmine dans l'épisode final dont nous laisserons au lecteur le plaisir de la découverte. Plaisir, oui, qui naît de l'évidence d'un tragique sans pathos, héroïque et dérisoire. Un tragique consenti par celui qui « a cessé de vouloir recommencer sa vie » et trouve son apaisement dans l'accomplissement de ces gestes quotidiens qui tissent, pour en reprendre la formule à Pierre Michon, une « vie minuscule », dont Christina Mirjol fait une épopée, tant la lutte avec les éléments est terrible, en même temps qu'une leçon de vie, tant nous pouvons tous nous y reconnaître – car tout, en somme, est question d'échelle et le minuscule n'est minuscule qu'à la mesure de ce que nous pourrions prendre chez d'autres pour de la grandeur.

Derrière les alexandrins dissimulés, pris dans la trame de la prose – épiques (« Ne reste à tous ceux-là que ce manteau ingrat / tissé d'étoiles distantes, qui ne brille pour personne ») ou triviaux (« À la casse comme on dit, et plus sale qu'une ordure ») –, qui contribuent à donner au texte son rythme singulier, et dont certains ont des accents hugoliens, le roman se donne alors comme le chant de ces nouveaux Misérables qui peuplent nos villes et que nous ne pourrons plus oublier parce que quelqu'un n'aura pas détourné le regard. Celui d'un homme, de tous les hommes.

Joseph Danan

Février 2012.
Reçu ce matin *La photo du mois* de Paul Fave. Entre autres photos : « des oiseaux ».

Au-dessus de l'enneigement, quatre petits passereaux sur de fines branches attendent…

Un moineau de profil est assis sur ses pattes. Sur les pierres du talus, on imagine transis ses petits doigts crochetés dans la glace et la mousse.

Sur le plat de la glace, un rouge-gorge tend ses pattes. En prolongement du col, son petit bec appelle… Peut-être un cri plaintif.

Sur fond de neige mouillée, un merle frigorifié. Les plumes sont accablées et le bec taciturne. Sur une autre photo, il s'est mis en mouvement pour se dégourdir. Sur une autre, plus loin, son bec orange becquette on se demande quoi !

Un pinson de trois quarts, aux pattes prises dans la neige, a trouvé une petite graine.

Gros plan sur fond de ciel du bec qui tient la graine et du petit œil noir qui exulte.

Accotée à un mur, tournée vers le soleil, engoncée dans ses plumes, une bergeronnette se réchauffe…

« L'hiver pour de vrai », dit le titre de la série.
                                              C.M.

I

Un homme

L'homme s'était mis en boule à des années lumières des planètes où il n'y a pas de vie.
Il était comme une plaie enveloppée de cartons et de morceaux d'étoffe qu'on avait oubliée.

Dans cette partie du monde où il a élu domicile, il n'est pas le bienvenu. Sur les terres les plus riches et donc les plus enviées, se développe en effet de façon synchronique une très grande méfiance à l'égard de l'intrus.
Là où l'homme a pris place, la ruelle est tranquille…

À la tombée de la nuit, après des heures de marche, il s'allonge. Tous ses rêves de départ sont à recommencer. Il est aussi seul qu'un mort.
Sitôt qu'il aperçoit l'emplacement idéal, il s'arrête. Revient dans les parages, une fois, deux fois, trois fois, flairant le même repli qui a comme

épousé son apparence fœtale – un tiers, s'il existait, tel un réel témoin observant son semblable, pourrait le vérifier. Mais en réalité, à force de marcher, l'errance lui colle aux jambes, nomades jusqu'au sang.

Il ouvre des yeux de blatte à l'approche du recoin dont il doit s'emparer, de tel goulot profond dans lequel il se vautre, fourrant ses quatre pattes dans l'ouverture terreuse et palpant du bout des doigts la saillie d'une racine, le tranchant d'une pierre ou l'angle d'un pavé.

C'est entre chien et loup qu'aujourd'hui il manœuvre à l'approche du cul-de-sac qui lui servira de lit, ayant examiné chaque enfilée déserte tel un guerrier prudent.

Il l'aborde et se terre cette fois-ci pour de bon, moulé pour plusieurs jours.

Cette artère étriquée a quelques avantages, observe-t-il : c'est déjà une impasse peu peuplée. L'homme n'aurait pas voulu d'un endroit trop en vue, garant le plus souvent de rivalités, de conflits. Le deuxième avantage est qu'elle est abritée du fait qu'elle est étroite et aussi sans issue. Il n'y a pas de curieux dans cette rue. Il n'a jamais vu de visages. Les yeux dans les yeux, non, la chose n'est jamais arrivée.

L'instant d'après se meurt la brute qui est en lui. Tout autour, le monde dort.

Ces nuits de pure défaite ne prodigueront jamais aucun conseil à l'homme qui se réveille en boule, effrayé à l'idée de devoir se lever, de devoir déplier ses membres cadenassés, qui, une fois libérés, iront frayer sans but.

Sous la voûte impassible, la nuit tire son rideau sur tous ceux qui gémissent. Ne reste à tous ceux-là que ce manteau ingrat tissé d'étoiles distantes, qui ne brille pour personne.

Au terme de chaque jour, quand la nuit recommence, l'homme et sa carapace restent toujours soudés, machinalement unis.

Rivé à son carcan, il se carre tant bien que mal. Il a cessé de vouloir recommencer sa vie, préférant s'arrimer au grand cortège céleste, attelé à la grande ourse.

Il n'y a pas de repos pour l'homme de ce trottoir, frappé d'un sommeil court, invariablement aux aguets.

C'est la morsure du froid, ou le vent, ou la pluie, ou le feu trop cinglant d'une torche en patrouille, qui parfois, en pleine nuit, le réveille brusquement. Qu'il se mette tout en boule sous son toit de cartons et que le vent se lève… et hop ! il est à découvert et un grand froid humide pénètre dans sa couche, au milieu de ses vêtements…

Chaque nuit est différente dans sa fragmentation, et plus exténuante qu'une veille intégrale.

Le ciel, au lever du jour, étend son immensité intraitable, n'épargnant ni n'aidant celui qui doit vivre coûte que coûte. Il faut pourtant quitter, invariablement, chaque jour, les lieux qui par nature ne sont pas favorables à une halte prolongée. Fût-ce le meilleur endroit, le plus parfait du monde, il ne fait aucun doute que l'homme, quoi qu'il arrive, ne veuille l'occuper trop longtemps, habitué qu'il est à relancer chaque jour sa marche perpétuelle.

Le réveil est ainsi, tous les jours de sa vie, une entrée dans le vif pour l'homme de la ruelle. Il doit recommencer, mettre son corps debout, extirper du néant son âme ratatinée. Il doit compter chaque jour sur l'état déplorable de ses pieds, repasser par l'exil, s'évader en sous-main, incessamment en fuite sur la ligne de départ et sans droit devant le mur. Il n'a pas de ticket, il est l'homme sans papiers, l'homme sans valises qui guette, un voleur, un fraudeur, un détrousseur de lits, qui glisse, qui se faufile, s'assoit clandestinement sur le terrain d'autrui, s'y installe, vole sa place, un saboteur en somme des dîners entre amis, des matinées tranquilles, du repos mérité, de la douceur de vivre, et un fauteur de troubles. Il est l'homme anonyme au destin criminel, sentinelle transparente que l'on montre du doigt, responsable, cela va de soi, de son mauvais départ, responsable de sa honte, coupable de toutes les fautes.

Le réveil est ainsi, pour l'homme de la ruelle, tous les jours de sa vie la montagne se renverse, le fleuve sort de son lit, le vent emporte les toits, le feu noircit les bois des collines verdoyantes, chaque jour une avalanche, un orage qui approche, un impact de foudre. Puis, la montée du jour fait son œuvre de sauvetage, débarrasse les décombres, dissout les dernières ruines, l'homme est déjà debout, il n'a pas le temps de pleurer et c'est un jour de plus, il est vivant, vivant, et c'est encore la vie. Sa vie. Il est l'heure se dit-il, c'est maintenant qu'il fait jour, après il fera nuit ! Allez ! dit-il encore, c'est l'heure, il faut y aller !

Rassemblant ses cartons autour de sa plaie vive, Il se met donc en route…

Penché au bord du toit, l'oiseau regardait l'homme et suivait son manège, chaque matin.

II

Une femme et son mari

1

Février 2012.

À dix heures du matin, sur l'esplanade gelée de la Grande Bibliothèque, une femme et son mari attendaient.

Ils avaient décidé la veille de cette journée d'aller au cinéma. D'y aller le matin.

Et donc ils attendaient, attendaient patiemment devant l'enfilade des portes, et les portes étaient fermées.

Il faisait extrêmement froid, dit la femme. L'hiver était très froid. Il était arrivé brusquement fin janvier, nous ne l'attendions plus.

Très tardif, disions-nous. Arrivé brusquement. Les radios, les journaux ne parlaient que de lui, quant aux télévisions elles s'étaient mises en boucle : la neige, puis le climat, puis de nouveau la neige… Nous étions avertis, prévenus des dangers du verglas sur les routes. Il était conseillé de ne pas circuler – d'ailleurs, les moteurs étaient gelés, les routes impraticables, les oiseaux migrateurs prisonniers de la glace… des sans-abris, au centre des villes, mouraient.

Trois cents morts en Europe. Peut-être plus, dit mon mari.

Il fait froid, je lui dis, au moment d'arriver. C'est fermé. Il est seulement dix heures. Il est beaucoup trop tôt. Le film est à onze heures. Ou onze heures quinze peut-être. Non ? Il n'est pas à onze heures quinze ?

Si, me répond-il, il est à onze heures quinze… Et comme je le surprends en train de regarder du côté de l'esplanade, je comprends tout d'un coup qu'il s'est mis dans la tête que nous pourrions marcher. Il a cela en tête. En fait, il veut marcher.

Il fait beau, me dit-il.

Nous sommes seuls, je lui dis. Nous sommes seuls. Seuls. Il n'y a personne, personne. Personne autour de nous. Personne !

Mon mari est persuadé que les portes vont s'ouvrir dans les minutes qui suivent.

Au bout de cinq minutes je dissèque la galerie.

J'examine le fond du hall, le front collé aux

vitres, décidée à trouver au-delà de la vitre le moindre petit indice annonçant l'ouverture, mais l'intérieur du hall est extraordinairement désert.

Je dis à mon mari que c'est complètement mort. Il réplique aussitôt que c'est en train de bouger.

Quelque chose bouge, dit mon mari.

Au fond.

Il a raison. Ça bouge. Quelque chose bouge au fond… Quelque chose… Puis quelqu'un… Quelqu'un qui a un trousseau, qui est d'ailleurs suivi à quelques mètres derrière par un homme et une femme, ou deux hommes, ou deux femmes, je ne sais plus.

L'homme au trousseau de clés, à l'extrémité gauche de l'entrée ouvre une porte – de fait la première porte qui donne accès au sas –, fait sortir les deux autres, puis ouvre la seconde porte, met dehors les intrus, et referme.

Devant cette courte scène, nous déchiffrons sans mal que les indésirables viennent d'être découverts. Ont-ils forcé une porte ? Se sont-ils introduits malgré eux dans la galerie ?

L'homme qui les met dehors a la mine de travers et nous paraît alors extrêmement antipathique.

Nous hurlons.

Nous protestons bien sûr, nous ne sommes pas contents. Quelques autres personnes arrivées entre temps nous soutiennent elles aussi, s'insurgent elles aussi, mais il n'y a rien à faire, c'est trop tôt, proclame l'homme au trousseau, et il tapote ainsi sur sa montre plusieurs fois, et fait encore un signe – un signe qui veut tout dire.

Même jeu un peu plus tard et nous nous insurgeons. Puis le ton dégénère, on entend des railleries et toutes sortes de cris… Peine perdue. Les portes restent closes. Closes. Elles ne seront ouvertes qu'à l'heure dite, nous dit-on – soit, à dix heures cinquante.

Nous objectons encore, allant jusqu'à pousser des soupirs indignés, mais nous ne sommes pas dupes. Nous sommes peu convaincus d'être de vraies victimes. De vraies victimes, non. Nous rions après tout, nous n'avons pas si froid. Qu'éprouvons-nous au juste ? Qui pourrait mettre un nom sur le froid qu'il subit ? Comment le qualifier ? Nos vies sont si légères qu'elles peuvent à tout moment voler vers un café, une tasse de chocolat.

Cependant l'air glacé nous menace bel et bien, il fait extrêmement froid, et compte tenu de l'attente – trois bons quarts d'heure tout de même – la petite assemblée, en moins de deux minutes, se disloque.

On ne va tout de même pas entrer dans un café, dit alors mon mari tout à fait résolu.

Non non, je dis… Non non (faussement du même avis)… Puisqu'il fait beau, je dis. On va marcher. Marcher.

Hélas donc, nous marchons. Hélas, sans inquiétude… Puis nous nous éloignons peu à peu vers les tours, dans le silence glacé et le vent de l'esplanade.

Nous nous éloignons donc… et voilà que nous errons.

On n'entend plus un bruit, plus un seul, plus personne, parce qu'il n'y a que nous.

Je dis à mon mari : Tout le monde est parti.

Et donc sur l'esplanade, il n'y a que lui, que moi, le silence et le froid. Et ce sont comme deux ailes qui s'abattent sur moi, dégoulinantes de glace au bout de quelques pas. Je suffoque.

Je le dis à mon mari d'une voix serrée et sombre.

L'air est glacial, je dis.

Malgré l'ensoleillement nous sommes frigorifiés.

Je sens que mes deux mains s'éloignent de

moi, me quittent, se détachent de mes bras, passent à travers mes gants et les mailles du tricot. Je le dis à mon mari qui vient de s'arrêter pour contempler les tours.

Le froid est trop cassant, je lui dis. On ne peut pas lutter contre un froid de cette nature.

Le temps est beau, dit-il.

Il était beau, c'est vrai, le ciel parfaitement bleu et l'éclat du soleil embellissait le site fait de verre, de métal et de bois.

C'est calme, dit mon mari.

Oui.

Nous devisons alors, devisons un moment sur la beauté des lieux, les visages pétrifiés.

Le froid vient de franchir la barrière de nos vêtements, il est dix heures et demie. Je frissonne d'horreur. Je me tais…

Nous commencions d'ailleurs d'avoir le cerveau complètement refroidi, divaguions à l'aveugle, sans parler, et tels deux automates nous venions de gagner, au bout de l'esplanade, la partie nord du site.

La perspective splendide de la ville en contrebas, animée par les eaux bouillonnantes de la Seine, au lieu de nous réjouir nous laisse indifférents : l'ombre froide des tours rendait dramatique cette escale... le vent à cet endroit était plus saisissant, nous ne pouvions rien admirer.

C'est intenable, je dis, et nous nous replions.

Nous étions de nouveau proches de l'enfilade des portes, à une trentaine de pas, quand j'entrevois soudain, à mon grand effarement, une enclave protégée à l'écart de l'esplanade, quasiment indiscernable. Entraînant mon mari vers ce havre inespéré, je me rue tête baissée dans cet espace touffu, y propulse dedans mes bouts de doigts durcis, effectue des moulinets pour dégeler mes bras, puis, faisant volte-face, je guette une nouvelle fois les portes du cinéma...

2

Nous ne l'avions pas vu, n'avions rien remarqué, ne l'avions pas vu arriver, dit la femme, or il est évident qu'il était déjà là.

Me remonte à la gorge un chagrin du fond des âges, et comme je suis déjà terrassée par le froid, je détourne mon regard et fonds bêtement en larmes.

Je fonds en larmes, oui, comme si c'était à moi de pleurer.

L'homme, lui, ne pleure pas, ne pleure pas, il n'est pas en train de pleurer… Le froid, pourtant, est si atrocement meurtrier.

Le pauvre homme, mort de froid, s'était mis au soleil à un mètre des portes. À distance de celles-ci commençaient d'arriver de nombreux spectateurs, certains formant des groupes.

Dans ce matin glacé, nous sommes chaudement vêtus, quant à l'homme il grelotte dans des vêtements légers d'une minceur désarmante : une veste trop petite et ne couvrant qu'à peine la longueur de ses bras, pas de gants.

Je chuchote à mon mari qu'il n'a rien sur le dos et mon mari acquiesce, déconcerté lui-même.

Sur la portion congrue mais baignée de lumière au bord du bâtiment où il s'est réfugié, je regarde ses pieds, serrés l'un contre l'autre, et comme rigidifiés.

L'homme a choisi l'endroit le plus ensoleillé de cette large façade où le public converge. Pour autant il est seul, tout à fait isolé dans un rayon peut-être d'une quinzaine de mètres.

Je dis à mon mari qu'il s'est mis au soleil.

Il est peut-être là depuis longtemps, je dis.

C'est possible, me dit-il.

Et donc, peut-être là, déjà là, je lui dis, quand nous sommes arrivés.

Peut-être, dit mon mari. C'est peut-être un endroit qu'il occupe quotidiennement.

Telle qu'elle est devant le mur, dans ce halo restreint, la place que l'homme occupe, ainsi que l'homme lui-même, proprement homérique dans sa presque nudité, ainsi que l'attroupement qui fait cercle autour de lui, produisent une petite scène.

Cette petite scène sanglante, qui nous dessille les yeux, puis les cille, puis les dessille, nous éloigne pour un temps de notre infime désastre mais si peu.

De ce côté du bief où nous sommes attroupés, l'étendue du fossé qui nous sépare de l'homme demeure vertigineuse.

L'homme occupe une région impensable, féodale, aux frontières de la foule. Il n'est qu'à quelques mètres de tous ceux qui sont là et qui en petites troupes arrivent de toutes parts pour se divertir des images.

Nous parlons à voix basse, si ténue est la vie de cet homme discret.

Plus tard, quand nous rentrons, je repense sans relâche à cette haute façade où l'homme s'était blotti, ancré intensément dans ce recoin ardent, comme rivé à l'îlot de lumière insignifiant où il était venu à l'insu de tout le monde s'enclaver.

Dans cet infime halo qui l'englobe l'homme attend. Depuis combien de temps attend-il dignement sa partielle délivrance ?, et alors que nous-mêmes attendons l'ouverture, je pense à notre attente teintée de comédie et à sa tragédie. Ô combien sont disjoints notre attente et la sienne, notre propre abattement et sa relégation !

Malgré la manne solaire qui éclaire sa grotte, il grelotte. Le pauvre homme est gelé. Ses mains n'ont pas de gants, sa veste est une veste d'été.

Le regard de cet homme, absorbé en lui-même

et tout ce temps tourné obliquement vers le sol strié de lumière chaude, pourrait nous rendre fou s'il se levait vers nous. Nous percevons de loin son maigre visage humain torturé et tranquille. Nous n'osons plus bouger.

Tel qu'il est isolé dans sa petite guérite, nous n'osons l'approcher, mais cherchons cependant, à distance bien sûr, le moyen d'être là et d'avoir envers lui une conduite amicale. Notre propre détresse, face à l'épreuve du froid, s'était évaporée.

Autant que je puisse dire, ses mains m'ont semblé fendillées. Je dis à mon mari que ses mains sont fendues et qu'elles peinent à trouver ne serait-ce qu'un refuge dans les poches de sa veste, trop petites.

Nous parlons.

Plus tard, quand nous rentrons, je dis à mon mari : Elles étaient bleues de froid.

Elles étaient presque noires à force d'être à l'air, et, des premières phalanges jusqu'au-dessus du poignet qu'on apercevait nus, frissonnaient. Il n'avait pas de sac, possédait uniquement un petit caddie rouge qui était devant lui comme un partenaire squelettique.

Ce modeste caddie de toile et de métal paraît tout minuscule à l'aune de cet homme grand.

Il attend l'ouverture, dit alors mon mari.

Ô combien ! Certainement. Tel qu'il a

patiemment émigré près des portes, recroquevillé à l'angle et ô combien tassé dans la lumière du coin. Tel qu'il s'est réfugié dans cette glaciale attente, à quelques pas de nous et pourtant hors d'atteinte. Loin au nord, loin au nord… Du côté des terres froides et des vieilles terres d'exil, parmi les blocs de glace et le magma gelé qui, à force de constance, dévastent sa poitrine : il avait le cou violacé.

On ouvre enfin les portes. La masse des spectateurs qui est devenue dense, entre, se presse d'un seul mouvement entre les nombreuses portes, et l'homme de son côté, qui amorce un changement en vue de s'infiltrer, s'extirpe quant à lui assez difficilement.

Manœuvrant son caddie et s'appuyant sur lui, il commence à traîner une jambe impotente de la hanche jusqu'au pied, la ramenant vers lui comme une colonne de temple.

À la vue de cette jambe, nous n'osons avancer, démunis que nous sommes devant l'infirmité imposante de cet homme.

Il a besoin qu'on l'aide, qu'on lui tienne la porte, dit soudain mon mari, et de fait l'homme maintenant se rapproche de l'entrée, mais les spectateurs s'engouffrent.

Pris dans le flot humain qui fait battre les portes

d'impatience et de gaîté, il attend de nous tous qu'on veuille le faire entrer.

Nous quittons notre allée et nous nous dirigeons vers les portes et vers l'homme. Sentant notre mouvement, l'homme esquisse une avancée, mais à peine visible, je dois dire. Cependant maintenant nous nous côtoyons presque.

Mon mari tient ouvertes tout le temps qu'il le faut les portes du sas une à une et l'homme entre. Nous entrons à sa suite. La tiède chaleur du hall après l'assaut du froid embrase nos corps gelés qui renaissent par segments, puis défaillent de douleur à chaque extrémité par l'afflux de sang chaud dans nos doigts presque morts. C'est affreux ce que j'ai mal.

Nous nous remettons vite des blessures néanmoins et nous pensons à l'homme, à son extrême souffrance, qui, en réalité, est inimaginable.

Nous nous sentons maintenant redevables envers lui, voudrions lui donner, enfin oui, quelque chose, une pièce naturellement puisque c'est ce qui vient à l'esprit en premier, mais ce n'est pas possible puisqu'il ne demande rien.

Tandis que l'homme bascule, se dandine affreusement, se déplace et s'arrête, progresse par petits bouts, appuyé d'un côté sur son petit caddie, contorsionnant de l'autre sa jambe qui est gourde, qu'il faut porter d'ailleurs et comme déménager à chaque longueur de pas, je l'épie.

    L'homme avance malgré tout, tangue et fait ce qu'il peut, il marche difficilement. Pendant un bon moment il ne fait que marcher, il tangue et marche encore en dépit de sa jambe atrocement handicapée et qui paraît soudée au reste de son corps comme un tronçon de bois et pour ainsi dire comme un mât. Puis, alors que nous sommes là à attendre dans la queue devant la billetterie et qu'il a changé de place, je le vois hésiter devant un pan fermé, allant de droite à gauche, sans quitter ce coin-là.

    Son attitude trahit une espèce d'inquiétude qui me laisse à penser qu'il cherche quelque chose. Je le dis à mon mari.

    Il cherche quelque chose, dis-je tout bas à mon mari, en me penchant vers lui, et il tourne la tête, et il regarde l'homme.

    L'homme se balance toujours et se meut en effet devant un mur dressé de plusieurs paravents où sont alignés des agents, ou bien des vigiles, je ne sais pas. L'espace, à cet endroit, habituellement ouvert sur l'ensemble de la galerie, le bar, la librairie, le hall profond et vaste, est fermé. L'homme a le nez en l'air, reste là, regarde les paravents, reste comme obnubilé par le mur de panneaux qui clôture la galerie, et se tient indécis devant la palissade. Les agents qui discutent ne font pas cas de lui. Je redis à mon mari que je suis sûre maintenant qu'il cherche quelque chose.

Il cherche quelque chose qui est de l'autre côté, lui dis-je.

Nous prenons nos billets et nous nous apprêtons à descendre vers la salle, présentons ces derniers au contrôle.

Devant l'escalier mécanique, je jette un dernier regard mais constate embarrassée que l'homme a déserté, n'est plus ici, ni là, ni devant les panneaux, ni près de la sortie, ni nulle part dans la galerie, et qu'il a simplement disparu.

Balayant en tous sens les divers points du hall, je m'entête à le chercher, puis, alors que nous avons commencé de descendre, je l'aperçois tout de même, je parviens à le voir, tout de même, une dernière fois.

À la gauche de l'entrée où les portes par saccades recommencent de battre, il s'apprête à pousser la porte des WC.

Je me sens soulagée de voir cet homme entrer, pousser d'une seule épaule la porte concrètement... Et alors que nous sommes au milieu de la descente, je secoue mon mari qui se tourne à son tour et le voit de justesse.

C'était ce qu'il cherchait, dit alors mon mari sur un ton triste et grave, et je lui prends la main... et c'est comme un sanglot qui revient du fond du lac.

3

Plus tard, quand nous rentrons et que nous succombons à la brusque somnolence de notre appartement, l'homme est là, de nouveau, à la porte du salon, dit la femme, qui ajoute : l'enfer d'autrui nous hante.

Les derniers plans du film, *Take Shelter*, ajoute-t-elle, tourmentent encore nos têtes de la vision funeste des vagues de l'océan et de la catastrophe qui advient. Le salon est noyé dans une pénombre bleue, hypnotique. Une lumière de fin du monde envahit le plafond.

L'homme regarde la mer. Sur son flanc je devine la structure en ferraille et en toile du caddie où s'est agglutinée la béquille monstrueuse qui lui tient lieu de jambe, démesurément lourde, camouflée plus ou moins comme une blessure honteuse, absolument tragique.

Une vague démesurée vient frapper notre baie sur la vitre qui explose. Je perçois lointainement des navires en détresse, tandis que l'homme traverse.

Emporté par la vague, l'homme décline. Sa résistance est telle qu'il décroît lentement dans l'immensité bleue, chutant comme en apnée jusqu'au fond de l'abîme.

Arc-boutée au vide, je me penche, dit la femme, sur la rambarde en fer de notre sixième étage, regardant virevolter l'homme à la jambe dolente suspendu par les manches et les poches de sa veste, lequel, touchant le sol, atterrit dans l'eau blanche d'une petite boule à neige, émaillée de flocons en plastique féériques, avec son attelage, son membre dénaturé, les immeubles de la rue, Paris et l'esplanade, le dos gris de la Seine, la montée d'escalier de la Grande Bibliothèque, et les portes du cinéma. Et cette boule transparente qu'on regarde s'enneiger pour le plaisir des yeux, n'est jamais qu'un monde clos qu'on retourne d'une seule main.

L'homme à la jambe démente et le petit caddie cahotent en bas de la rue, dans la nuit intolérable. Sous le grand vide cosmique, ils dansent comme des étoiles, brinquebalant leur malheur devant un parterre de témoins.

L'homme avance en boitant mais personne ne se lève ni ne voit qu'il est nu.

Je voudrais le vêtir mais mes jambes se déboîtent et mes bras sont trop courts. Je crie depuis mon lit : pas par-là ! pas par-là ! Mais pour aller ailleurs il n'y a qu'une seule rue.

Un mur d'eau gigantesque se lève au bout du monde que personne ne remarque, et les noyés eux-mêmes continuent de nier.

De belles vitrines éteintes regorgent d'enfants qui cognent, qui exigent de renaître. L'homme quant à lui attend de rentrer dans sa veste. Il espère ce matin qu'elle portera ses bras jusqu'à la nuit suivante.

Le vent pousse à présent jusqu'aux régions plus chaudes, soulève les mers turquoises qui lourdement s'effondrent comme des vêtements pleins d'eau. Les épaules des dormeurs se cabrent et dégoulinent.

L'homme au caddie dévale le toit tendu de givre. Allongé comme un sac, il boit à petites gouttes.

Sur le bord du trottoir la poussette inutile a fini de rouler.

Comme elle est à bout de souffle au pied de l'escalier, ayant dégringolé à fond de train toutes les marches !... Le ciel noircit la flaque dans laquelle tout finit. Tout est là, inutile, dans la nuit torturante du caddie et de l'homme. Les moineaux se font rares. Dans la surface déserte de l'immense devanture, tous attendent le vendeur, résignés. L'homme à la jambe démente souffle sur ses mains rouges pendant que le vendeur fait cliqueter ses clés. Il n'y a pas plus semblable au caddie oublié que l'homme à la jambe gourde et bientôt aux mains noires.

Je me réveille en sueur, rapporte encore la femme, qui regarde le ciel comme un mauvais présage.

III

L'homme et le caddie

1

Je sais, tu es glacé, dit l'homme à son caddie. Mais moi aussi, tu sais, je suis glacé aussi.

Et pourquoi tu es tombé ? Et regarde ce que tu as fait ? Ce n'était pas le jour…

Ah non, ce n'était pas le jour !... regarde mes mains qui ont froid !

Tu roules, tu roules, tu roules, tu roules sans rien comprendre et tu dévales en plus l'escalier jusqu'en bas. Qu'est-ce qui te prend bon sang ?…

Si tu crois que c'est facile aujourd'hui de marcher. De marcher dans ce vent ! Et toutes ces marches maintenant qu'il va nous falloir remonter !... Parce que tu m'as lâché ! Tu m'as lâché, c'est tout, tu t'es mis dans la pente !... Et maintenant tu es là, au milieu de la chaussée, à plat ventre sur la route… Et tu voudrais en plus que je te sorte de là… Des marches si casse-gueule à descendre pour moi et il faudrait que j'aille vite !

Et ma jambe. Qu'est-ce que tu fais de ma

jambe, de mon pied ? Tu sais bien depuis le temps qu'ils ne sont bons à rien, qu'il me faut les porter, tu sais bien. Et si toi maintenant tu t'y mets toi aussi, si tu ne m'aides plus toi non plus !

Tu entends ?

J'ai eu peur, figure-toi. Et si tu t'étais fracassé ?

Et tes roues ! Est-ce que tu y as pensé ? Si elles s'étaient cassées ? Rien que ça, quel malheur ! Les voir en mille morceaux. Arrachées toutes les deux....

Tu y as pensé au moins ?...

Et si tu étais passé sous les roues d'une voiture ?... Quand j'y pense, tiens, maintenant, risquer à ce point-là toutes nos chances de survie... Sans compter nos cartons que tu as failli perdre... Tu te rends compte au moins que tu as failli perdre nos cartons et nos choses ?

Des marches si casse-gueule... Et maintenant, voilà, il est là sur la route, à plat ventre sur la route, inconscient de ce qui se passe, inconscient du bordel qu'il a failli causer, inconscient de toute façon...

Et moi qui dois descendre !...

Tu te souviens quand même que je n'ai qu'une seule jambe ?...

Et le vent qui remet ça !... ce n'est pas de veine, bon sang, alors qu'on était arrivés !

Parce qu'il n'y avait peut-être que dix marches à monter. Peut-être dix, oui, peut-être neuf ou dix. Et maintenant, voilà, il faut recommencer.

Maintenant, oui, voilà, il faut recommencer. Ce n'est pas bien, tu sais, parce qu'on était en haut, presque en haut, quelques marches, et maintenant, voilà, on est en bas, en bas.

Allez viens ! On y va.

Et voilà que ça m'arrive, nom de Dieu, ça m'arrive, je suis tout essoufflé !

Eh oui ! Ça fait deux fois, ça fait deux fois qu'on monte !... Monter et redescendre, et monter de nouveau... des marches si casse-gueule !... Et le vent qui nous flingue !... Tu entends comme je respire ?

Je n'en peux plus, mon Dieu. Je sens bien qu'aujourd'hui ce sera difficile, plus difficile, oui, ce sera difficile... on aura bien du mal à monter jusque-là... le vent est si fort, si glacial... Et avec ça ma jambe qui n'en a rien à foutre !... Mais regarde comme elle dort !... Une telle paresse quand même je n'ai jamais vu ça !... Comme si elle était seule à marcher ici-bas !... Et mes mains, et mes bras, est-ce qu'ils ne se lèvent pas ?... C'est quelque chose quand même, je n'en peux plus, c'est vrai... comme si on n'était pas nous aussi affaiblis par le gel de cette nuit !

Parce qu'il le faut bien sûr, parce qu'il nous faut monter, comment faire autrement ?

Allez viens ! On y va.

On doit y aller, dit l'homme, tu le sais toi aussi, même si le vent d'en haut nous attend, il le faut... On le sait bien d'ailleurs que le vent nous attend... qu'il nous mettra en pièces sans se forcer, s'il faut, à commencer par eux, les mollets et le cou... Simplement pour passer... Simplement ça, rien d'autre. Car qu'est-ce que c'est pour lui que des pieds crevassés, des mains nues et fendues, un torse sans chemise ? Qu'est-ce que c'est donc pour lui qu'une poitrine gelée ? Rien. De la routine, tu vois. Rien n'est grand ni sacré pour une telle volonté, il lui faut s'engouffrer et toujours plus de vide... Retiens bien ça, petit : un vent qui se déchaîne a sa propre obsession. Tous ces vides à remplir de vacarme et de souffle. Encore, toujours remplir, si ce n'est pas un bagne !

Et toi, qu'est-ce qui t'a pris de me lâcher comme ça et de dégringoler ? Au pire moment en plus...

Sans compter la sacoche que tu as failli perdre !... Qui aurait pu, rien que ça, se déchirer, rien que ça !... Plus de sac, tu te rends compte ?... Une toile qu'on vient de laver, qu'on a eu tant de mal à laver, tu sais bien, et qui est devenue presque jolie et propre.

Naturellement, bien sûr, tu ne dis rien bien sûr, je parle tout seul, bien sûr, c'est bien ça le problème, pourquoi donc je m'énerve ?... Nous existons nous autres… enfin… nous le croyons… vivant tant bien que mal avec des yeux, une bouche, mais lui ?...

Allez viens !

Allez viens, je te dis ! On va monter maintenant, il nous faut tous monter, il commence à faire jour. C'est le moment maintenant, on ne peut plus attendre. Le vent de toute façon ne tombera pas de sitôt. On le saurait maintenant. Il souffle depuis des heures. Il va souffler encore, il a soufflé hier et il a soufflé encore toute la nuit, il ne s'arrêtera pas. Ce qu'il a à faire il le fait. Comme nous tous, tiens, bien sûr, il est le vent, c'est tout. Et nous. On doit monter… Ce qui est affreux c'est le froid.

C'est affreux ce qu'il fait froid, le soleil ne chauffe pas, il ne fait que briller. Aucune chaleur, merde, c'est pas normal, je dis… Quand est-ce qu'il va se mettre à chauffer un petit peu ne serait-ce que mes doigts ? Je n'en peux plus c'est vrai… Et ta poignée, rien que ça, ta poignée en métal, est-ce qu'il la chauffe ?... non… même pas ça… il ne chauffe rien du tout… Tu te rends compte, dit l'homme, après une nuit pareille !... Après cette nuit de chien ne pas même nous chauffer !... C'est pourtant la seule chose qu'on lui demande, non ?...

Plus que cinq marches, dit l'homme.

Plus que cinq, plus que quatre, dit-il à sa jambe raide, plus que quatre, lui dit-il, et nous serons alors sur l'esplanade, là, plus que trois, plus que deux.

Ça y est, on y est, dit l'homme à son caddie. On est bien arrivé.

On est là nom d'un chien, on est tous là, enfin, ce qui est malheureux c'est que je n'en puisse plus. Regarde, petit, regarde comme je respire, écoute !... Écoute mon cœur, écoute... tu entends comme il s'emballe ?... Tu sais, parfois, petit, je voudrais que ça s'arrête. Que ça s'arrête, tu vois. Regarde comme je crache !... Je crache comme si j'avais couru pour gagner une médaille, au lieu de quoi le vent me défonce la poitrine.

Allez !... on va se reposer et on va respirer, il faut que je respire, que ça se calme là-dedans.

Le vrai malheur, tu sais, c'est cet air qui nous glace... Cet air glacé, tu vois, plus glacé que tout en bas, c'est bien ça notre malheur... C'est un vent de colère très très noire, je te le dis, et qui vient de très loin.

Car ce vent de malheur... qui est furieux, dit l'homme, qui n'a pas d'autre but, ce vent qui est furieux voudrait bien s'engouffrer, s'engouffrer dans une fissure. Ce vent voudrait bien s'engouffrer.

Et regarde comme sa fureur qui court le long des planches, qui cherche une fissure, et qui pourrait trouver maints endroits dans le bois où loger sa tourmente, nous a vite repérés !...

On vient juste d'arriver et l'air froid, tu as vu, nous a déjà trouvés.

Il courait après d'autres et maintenant, voilà, voilà qu'il nous écrase.

Parce que c'est si facile d'être une cible, tu vois, dans cette immensité. Crevassés comme nous sommes, fendillés, rouges d'engelures, et par-dessus le marché sans repli d'aucune sorte.

Et regarde-le donc s'engouffrer sans se gêner dans le col de ma veste !... Regarde-le, petit, pénétrer comme chez lui au cœur de mes vêtements et trouver ma poitrine qui n'a pour se défendre qu'une chemise d'été !

Parce qu'aussi notre jambe est toute paralysée, elle est toute raide maintenant ! La seule qui vaille le coup, la seule courageuse et valide, devenue raide comme l'autre !... C'est malheureux, dit l'homme, les seuls atouts qu'on ait et eux aussi défaillent... Enfin !... Nous sommes là-haut. Nous sommes quand même là-haut. Maintenant nous sommes là-haut.

Je suis là en plein vent, j'ai monté les marches.

J'ai eu du mal à monter les marches, c'est vrai, mais pourtant je l'ai fait, j'ai fini par le faire et maintenant on est là-haut.

On a eu bien du mal à monter jusqu'ici, c'est vrai, dit l'homme à son caddie, à monter contre le vent, tu le sais toi aussi puisque tu grimpes aussi, puisque tu m'as soutenu tout le temps de cette montée…

Parce qu'on a dû encore s'aider de nos deux bras pour faire grimper la jambe… La jambe, tiens ! Une jambe déconnectée qu'il faut aider pour tout… Qui ne sait qu'être un poids, qu'être en rade, qu'être en berne, plus rigide qu'une béquille et comme clouée, c'est tout, tournant autour du clou et, pour comble de tout, remorquant notre pied comme un poids dégoûtant…

À cause de notre jambe, à chaque pas on ahane, à chaque halte on se penche, haletant et épuisé.

C'est un comble tout de même alors qu'on n'est pas vieux ! On n'est même pas le vieux qu'on peut imaginer, un ancêtre boiteux…

Et quel âge avez-vous ? nous avait demandé une petite femme un jour. Tu te souviens de ça ?

Parce qu'elle avait ouvert, alors qu'on était là, la porte de l'église. Tu te souviens bien sûr qu'elle nous avait ouvert et c'était bien aimable. Une main, une petite main, qui était là, voilà, et la porte s'était ouverte. Et nous on est entré. On est entré s'asseoir. Tu te souviens de ça qu'on est entré s'asseoir ?... C'était sur le côté, c'était un petit coin, c'était il y a longtemps. La porte de l'église. Ou de la gare ma foi, de l'hospice, va savoir, parce qu'il y avait des cris, des engueulades sans nom qui n'avaient rien d'avenant et des sortes de vagues à chaque seconde, mon Dieu, ils cherchaient tous une place…

Je suis bien essoufflé, dit l'homme à son caddie, comme je suis essoufflé ! Heureusement que tu es là ! Comment je ferais sans ton aide ? Sans toi ici, petit, comment je pourrais faire ? Merci. Et s'il te plait. Ne dévale plus sans moi l'escalier, tu m'entends ? Parce que j'ai besoin de toi. Parce qu'il y a cette jambe dont on peut bien comprendre qu'elle a besoin d'une cale. À cause d'elle, tu le sais, à cause de notre pied. À cause d'elle et à cause de lui. Et cette montée en plus qui nous anéantit !... On va donc s'arrêter et reposer la jambe, dit l'homme à son caddie… Et ça, malgré le vent… Tranquilliser le pied qui commence à trembler… Et c'est seulement après qu'on ira voir la place.

*

Maintenant qu'on est là et qu'on peut respirer,

respirons... On peut bien respirer puisque nous sommes en vie.

Puisqu'on est là, allez, respirons normalement et mettons nos deux mains dans les poches de la veste. Nos mains glacées, dit l'homme, on va les réchauffer.

Et les poches sont petites mais elles sont bien commodes de n'avoir pas de trous. Elles sont bien bonnes d'ailleurs de rester tièdes et douces et de nous accueillir au milieu des hurlements.

Allez, venez, maintenant, dit l'homme à ses deux mains ! Parce qu'il parle à ses mains comme à toute sa personne... Venez donc vous serrer toutes les deux dans les poches... Le vent n'entre pas là, n'entre pas, vous savez, s'il entrait là, dit-il, c'est que nous serions morts...

Et toi, viens avec nous, dit l'homme à son caddie, ne reste pas tout seul à geler sur le plancher, viens donc là, je te dis... Et vous, dépêchez-vous, les poches sont encore tièdes, venez vous réchauffer !

Car le meilleur moyen c'est de bien se tasser, dit l'homme à son caddie, à ses membres parce qu'ils tremblent, et le meilleur moyen c'est de bien pénétrer en soi-même, leur dit-il, de rejoindre au plus vite nos dernières poches de vie et de se retirer dans le peu de chaleur qu'il nous reste... Comme on le peut d'ailleurs, voilà ce qu'il faut faire, voilà ce qu'il dit à son cou… Parce qu'il n'a rien de mieux à lui offrir, dit-il, que le col relevé et sommaire de sa veste… replie-toi, lui dit-il, tu es tout bleu, regarde, replie-toi sans tarder, tu seras bientôt noir.

C'est malheureux, dit l'homme, face à l'hiver cinglant et la démence des vents, aucune morale ne tient… Regarde l'oiseau là-bas qui ne sait où voler !… À entendre ses cris il y a de quoi pleurer… Qu'est-ce qu'il peut espérer lui aussi, hein, petit ?... Lui aussi il s'en voit un jour comme celui-ci. Regarde bien, petit, une petite boule de plumes qu'est-ce que c'est, face au vent ?... Elle cherche à se blottir et l'arbre n'a pas de feuille… C'est tellement triste, tu vois... Où est passé pour elle le printemps des amours et des graines faciles ?... Et cette petite fauvette affamée qui pépie, qui s'épuise à gratter autour des pierres ingrates, combien de chances a-t-elle de voler l'an prochain ?... C'est malheureux, dit l'homme… Il faut tenir, tu sais, dit l'homme à son caddie. Attendre. Savoir attendre… Dans quelque temps, dit l'homme, nous serons arrivés… Nous arriverons, dit l'homme. Nous allons arriver. Il faut attendre, petit. Attendre comme ce pigeon qui était l'autre soir sur la gouttière du toit, tu te souviens de lui, pelé, trempé de pluie… Qu'est-ce qu'il fait celui-là, qu'on s'est dit, tu te souviens, au bord de la toiture, aplati comme une tuile ? Il attendait, c'est tout. Voilà, petit, voilà, il attend lui aussi. Il fait le mort, bien sûr, se blottit à coup sûr dans sa tête minuscule, prend racine dans un rêve ! Qu'en savons-nous au juste... Attendons nous aussi, prenons des forces, dit l'homme, faisons comme ce pigeon qui a rentré son cou dans sa petite poitrine, et qui ferme les yeux, et qui se recroqueville, et qui n'a plus de bec, et qui n'a plus de pattes, et dont seules les plumettes se redressent sur sa tête comme des petits remparts. Puis on s'y remettra.

Car on doit s'y remettre, on ne peut pas rester là. Pas dans ce vent mortel... Et puis, il faut y aller avant qu'on nous la prenne.

Allez, dit l'homme, allez !... regardons sans frémir le monstre qui nous attend.
Car il le faut, dit l'homme.
Si tu voyais, petit, si tu avais des yeux, dit l'homme à son caddie, tu verrais à présent nos véritables ennemis.
Car c'est une sale épreuve qui nous attend, tu sais...
Regardons malgré tout sans ciller, lui dit-il, regardons sans broncher cette esplanade dantesque qui se dresse devant nous comme une mer pleine de sang... Un océan de bois, je te le dis, petit, dont il faudra maintenant triompher coûte que coûte...

Et tes roues pleines de glace, est-ce qu'elles vont y arriver ? Est-ce qu'elles pourront, dit l'homme, traverser sans fléchir cette mer trop grande pour nous ?

Pauvres petites roulettes, entravées par le gel et qui roulent dans le froid du matin jusqu'au soir sans connaître leur fin, sans jamais faire d'écart ni même traîner, jamais… Nous le savons nous tous, un océan de bois, un noir désert de planches prêt à se soulever face au vent qui se déchaîne et devant des navires immobiles.

Et c'est là-bas, dit l'homme, que la place nous attend sous le fronton d'affiches.

Est-ce que tu vois, petit, comme elle est magnifique notre place au soleil ? Comme il est admirable notre carré de ciel face à l'est qui brille ?... Notre place est là-bas au bout de la furie… Est-ce qu'elle n'est pas grandiose cette petite éclaircie pas plus grande qu'un petit point dans une tempête de planches ?... On peut être contents, je te le dis, petit, parce qu'il existe encore une île qui nous attend – un trésor de chaleur pour nos mains et pour nos pieds.

Presque un port dans le fond, tu vois, petit, regarde !... chaque matin qui se lève est une promesse dans le fond pour celui qui existe. Et c'est une atmosphère si féconde, tu vois ! Car nous qui ne sommes rien, nous sommes dans ce désert le seul grain à germer. Nous sommes tout seuls, tu vois… on peut rire, tiens, oh oui ! on peut bien rire, dit l'homme.

Allez ! Rions un peu, et même, reposons-nous, prenons des forces vives, regardons la lumière et ses milliards de teintes et les ombres qui tournent. Notre Seine aujourd'hui n'est-elle pas rayonnante ?… N'est-elle pas plus pour nous qu'un serpentement gris ?… Et plutôt qu'une eau terne, n'est-elle pas un courant aux mille gouttes transparentes, aux mille petites pépites qui sursautent ?… Ah ! le caprice des vagues !… leurs millions d'apparences !… Pas deux gouttes identiques, pas même deux qui se ressemblent !… tantôt bleues, tantôt noires, tantôt plus capricieuses que des petits miroirs… Et nous qui sommes en haut, nous pouvons voir comment tout n'est que balancement, que disparitions et reflets.

Et maintenant, dit l'homme, il va falloir y aller.
Rassemble toutes tes forces.
Et prépare-toi au pire.
Parce qu'il nous faut la place.
Depuis le temps, dit l'homme, on le sait bien nous tous qu'on n'en a pas fini de ces quarts d'heure qui sifflent, mais qu'un mètre de gagné n'est pas une victoire triste… Et puisqu'on est en haut, qu'on est déjà en haut, qu'on a escaladé !…

Un escalier si raide, des marches si étroites, si dramatiquement fines, et on les a montées !...

Mais comment ?... Mais comment, je me demande, dit l'homme à son caddie, n'être pas tourmenté de ce qui pourrait advenir ? Inquiet pour notre place qui là-bas nous attend. Comment, je me le demande, n'être pas effrayé de cet effort pour rien ?
Et si, à l'arrivée, elle était déjà prise ?
Et si elle était prise ?
Et si elle était prise, C'est ce à quoi je pense pendant toute cette montée qui déjà m'accapare entièrement... Car ce serait alors une perte effroyable – notre seul bien, dit l'homme, notre seule vraie richesse. Tu vois, dit l'homme, petit, depuis qu'on est partis, je ne pense qu'à notre place... Et si elle était prise ?... Et si c'était trop tard ?... Je ne pense qu'à ce malheur.
Parce que c'est un défi. Un défi monumental !
Depuis le nord glacé où nous sommes rassemblés et à partir duquel l'étendue se déploie, l'immensité, dit-il, ne nous menace-t-elle pas ?
Aussi bien qu'un plateau fait de planches et de clous peut se fendre dans l'ouragan, nous pouvons échouer. Nous le pouvons, tu sais, dit l'homme à son caddie... C'est là, dans ce décor, qu'il va nous falloir avancer... Et c'est du haut de ces marches qui nous

ont épuisés, que nous devons pousser à présent vers le sud et gagner notre place.

Et elle est si lointaine au bout de l'estrade en bois, froide et luisante de gel ! Si inquiétante, dit l'homme, au bout de l'estrade qui est longue !

Le vent sec et coupant nivelle le sol gelé, décape par rafales l'esplanade qui gémit, mais il n'y a pas que ça !... Regarde là-bas, petit ! Au bout de l'estrade en bois, notre place nous attend.

Elle nous attend, tu vois, mais ne soyons pas fous. Ne croyons pas bêtement qu'elle est à portée de main comme ces places qu'on achète. Certainement pas, dit l'homme. Notre place nous attend mais il nous faut la prendre… Voilà notre défi !... Et quelles seront nos chances ?

Quelles sont nos chances ? dit l'homme.

Nos chances de prendre la place dépendent à chaque instant des va-et-vient du monde. Dépendent de ça, dit-il, nous le savons nous tous, du hasard qu'on aura de n'être pas second. Il faut être le premier, à chaque fois, tous les jours, à chaque instant, dit-il, sinon.

S'il y a une seule présence qui veut la place comme nous, nos chances sont minces, oui. Très très minces, je te le dis…

De si loin où nous sommes, nous sommes à

même de voir s'il nous faut renoncer et partir, ou bien être confiants, nous réjouir d'être là à une centaine de pas.

Et c'est là qu'on peut rire, qu'on peut bien rire, dit l'homme, car nous sommes les premiers !… Les seuls à la vouloir dans ce tohu-bohu.

Mais du calme, du calme, ne rions pas trop vite, ne nous réjouissons pas avant d'être arrivés. Notre place, je le redis, est un vide de lumière qui pourrait être la cible de n'importe quelle présence. Notre place, aussi bien, nous le savons, dit l'homme, pourrait nous échapper alors qu'il fait si froid. Car elle est si radieuse à l'abri des rafales et des quatre forteresses. La plus radieuse du coin.

Regarde-la, dit l'homme. Aucune place, aucune autre, sur la totalité des places de l'esplanade, dans ce froid, ne la vaut. Il faut donc nous grouiller si on la veut, allez !

Elle est libre, elle est vide, dit-il à son caddie, nous n'avons qu'à marcher, qu'à marcher jusque-là, et alors nous l'aurons… Pourquoi sommes-nous inquiets ?

Pourquoi ?

Parce qu'une sorte de colosse pourrait soudain surgir, débouler d'un seul coup dans notre dos, dit l'homme, ou de l'ouest, dit-il, ou pire encore, du sud, et alors prendre la place ?… Traverser l'infini en à peine quatre sauts, tandis que nous serions, même pas, à cinquante mètres, ou même moins si ça se trouve, à dix à tout casser, à trois mètres, même ça, et ce serait foutu ?

Et ce serait foutu, dit l'homme à son caddie, et notre place, alors, serait prise, serait prise, notre place serait prise, un autre nous la prendrait, et ce serait foutu. Il y a de quoi, dit l'homme, s'effrayer d'être nous, d'être aussi petits et difformes, il y a de quoi parfois se mettre à sangloter, et donc, puisqu'il le faut, mettons les bouchées doubles, tenons-nous prêts maintenant, et toi, tiens-moi, dit-il, pendant que je tirerai de toutes mes maigres forces sur mon pénible boulet... Parce qu'il faudra aussi arracher au plancher tout notre fourniment. Tu le sais bien, enfin, la guibole, tu sais bien, extirper la guibole de l'esplanade gelée, la traîner, la tracter pour ainsi dire, oui, et la maudire aussi de ne rien faire pour nous... une sacrée fainéante, voilà ce qu'il faut dire, et donc, oui, la maudire, et la maudire encore, afin qu'elle se bouge, tiens !... Une jambe qui pèse peut-être une tonne de chair glacée, tout à fait gourde, enfin, et qui, comme tu le sais, ne peut même pas courir.

La place est libre, regarde, la place est libre, libre... Regarde, toi, petit, comme elle est vide, vide, comme rien ne la menace, et comme alentour tout est fixe !

Et je ne vois que ça.

Et je ne vois que ça, dit l'homme à son caddie, que ma place, que ma place, que ma place qui est libre, que le vide de ma place, qui est là et qui m'attend…

Et c'est bien qu'elle soit là, qu'elle soit rose, qu'elle soit vide, que le plancher soit nu et l'endroit tout à nous… plus que vingt mètres, c'est bien, on a de la chance, c'est bien.

Car bientôt on y sera !

Plus que dix mètres maintenant et on y est, et on y est. Elle est vide, c'est bien. C'est si bien qu'elle soit vide, dans son halo tout rose et à l'abri du vent, qu'elle soit vide pour nous seuls car le vent ne tombe pas… Depuis qu'il s'est levé, il n'a pas décroché, pas un seul bref instant, depuis deux jours, hier, et encore toute la nuit, il n'aura reculé, ni cessé, tu te rends compte qu'il n'aura pas cessé de siffler, de hurler, de monter et de descendre, et de nous terrifier dans notre obscurité par toutes sortes de meutes fracassantes et qui s'acharnent. C'est si bien qu'elle soit là et nous ait attendus, dit l'homme à son caddie. Le vent a beau rugir, nous repousser, tu vois, on est presque arrivés.

Et elle est au soleil comme je l'ai toujours su !

Déjà tôt ce matin, je n'avais aucun doute... Un ciel si propre, alors, qui s'éloignait d'une nuit aussi vide que possible ! Et ça, très tôt, eh oui, dès les premiers rayons, dès la toute première heure. Nous avons de la chance, tellement de chance, n'est-ce pas, de nous trouver en vie devant de telles couleurs... Malgré la densité du courant dans nos jambes, malgré ses frappes cinglantes, malgré toutes nos crevasses... Et c'est là qu'on découvre la chance que nous avons et les bienfaits du vent, car le vent ce matin est un secours pour nous... Tu l'as si bien compris toi aussi ce matin, dit l'homme à son caddie, toi qui depuis l'aurore roule avec tant de foi, poussant tes petites roues dans le gel et la glace, les bousculant d'ailleurs dans les ruelles glacées, sur les plaques de verglas où chaque fois elles dérapent et ne perdant jamais l'essentiel du trajet qui est la ligne droite... Tu l'as si bien compris que le vent et le froid pouvaient être nos alliés, nous préservant du pire, de tant de présences malveillantes... on peut te remercier, parce qu'enfin, nous sommes là, et surtout, et surtout, et surtout il n'y a que nous.

Tout dort, encore, encore, et rien ne nous menace, quelle belle chance nous avons d'être tout seuls, dit l'homme !...

Ça y est, on y est presque ! Plus qu'un mètre, dit l'homme, plus qu'un mètre et c'est à nous... Et c'est fait, tiens, regarde, c'est comme si c'était fait, parce qu'il n'y a que nous. Et rien d'autre, rien du tout. Rien qui ne s'apparente à cet ignoble monstre qui nous ferait blêmir, chaque jour, tu le sais, ce malheur, chaque jour, que nous redoutons tous, qui nous guette, petit, qui nous prendrait la place, nous la volerait, dit l'homme, et s'en emparerait en quatre petits sauts, tandis que nous serions face au vent, face au froid, face à elle, dit-il, à un mètre tout au plus, la jambe clouée aux planches et le pied pétrifié, il n'y a rien de tout cela, il n'y a rien qui marche, rien qui vive, rien du tout. Regarde, petit, regarde, rien que la place et nous !

2

Et voilà.
Et voilà.
C'est fait, dit l'homme, c'est fait. On est là.
Oui, dit-il. On est là. On est bien arrivés.
On est là.
On est à notre place. Oui.
On est bien là, c'est bien.

C'est bien.

Maintenant, on peut attendre.

Maintenant on peut attendre, dit l'homme à son caddie… On peut reposer notre jambe et attendre.

Et le soleil est là. Sur notre mur. À l'est. Pour toute la matinée.

On peut être contents.

On peut être contents. Oui. Et c'est un jour de plus.

Et maintenant, voilà, nous sommes les seuls, les seuls.
Les seuls, dit l'homme, c'est bien. Rien n'a encore bougé devant les cinémas et il n'y a rien d'autre que la façade gelée des cinémas et nous.
Rien autour, rien du tout, aucune présence. Rien. Il n'y a encore que nous et le jour qui se lève devant la façade gelée.
Et le matin, tu vois, est en train de se lever.
C'est bien.
C'est bien que le jour se lève, après la nuit, le noir, après le vent glacé. Mais le jour est si froid lui aussi.

Il fait un froid de chien, dit l'homme à son caddie, ne reste pas dehors, tu grelottes.
Ne reste pas tout seul, notre place nous contient, tu vois bien, viens plus prêt… Serre-toi, dit-il, serre-toi, l'endroit est blanc de gel mais notre place, dit l'homme, est toute rose de soleil.

Et mes mains, leur dit-il, car il parle à ses mains comme à toute sa personne, venez vous réfugier car le plus dur est fait.

Le plus dur est derrière, leur dit-il.

Je sais bien, en fin de compte, ce que vous endurez. Tu le sais toi aussi, dès ce matin, très tôt, quand nous nous sommes levés, combien elles étaient raides de n'avoir pas dormi, combien elles étaient fatiguées et comme elles grelottaient !
Comme vous trembliez, leur dit-il, quand très tôt ce matin vous cherchiez à tâtons dans le noir la poignée. Tâtonnant… tâtonnant. Tâtonnant et cherchant la manette en métal pour vous y atteler comme deux stupides crochets. Combien vous étiez faibles et trembliez de froid, et ne compreniez plus votre propre mécanique.
Elles sont maigres, voilà, et n'ont aucune réserve, c'est malheureux, dit l'homme… Mais c'est aussi ce vent ! Plus vif qu'une pointe d'épée, plus rapide qu'un poignard !
Mais elles sont travailleuses, elles connaissent leur travail, comme lui du reste, eh oui, tout chariot qu'il peut être, toujours prêt et valide… Elles le poussent sans flancher depuis des heures maintenant, de même qu'il se charge du barda, et je l'en remercie, je lui sais gré de ça, en plus de tout, de tout, de me porter moi-même quand parfois je n'en peux plus, et

enfin, d'être là...

Pourquoi elles ne bougent pas, dit l'homme à son caddie, pourquoi ?... Elles ne bougent pas, pourquoi ?

Il faut qu'elles bougent, bon sang !...

Et puisqu'on est au chaud... Puisqu'on est arrivés... Allez ! dit-il. Allez ! Puisqu'il nous est permis de ne penser qu'à nous !...

Car il n'y a qu'à voir comme vous êtes boulonnées à cette poignée en fer totalement réfrigérante... qu'est-ce que vous attendez ?...

Arrachez-vous de là avant que le métal ne referme vos dix doigts et ne vous les transforme en tenailles pour de bon. N'a-t-on pas besoin de vous ? Pauvres insensées, dit-il, vous voulez devenir comme le pied ?

On le sait ça, dit l'homme, qu'elles sont parmi nous tous les plus martyrisées. Soudées depuis des heures au métal qui est froid. Accrochées et soudées. Rivées au fer gelé qui n'a pas d'habillage. Rien du tout. Un désastre. Aucune sorte de parure depuis que le plastique nous a laissé tomber. D'un seul coup, nom d'un chien, c'est arrivé d'un coup, une perte déplorable, irrémédiable, mon Dieu, sans même s'être effrité. Pas la moindre rognure, pas une miette, un copeau, et puis, voilà qu'il tombe ! Si doux pendant des mois, nous protégeant du froid, laissant glisser nos doigts sur sa coque lisse et ronde, et voilà qu'il se brise. Un parement indispensable, ajusté à nos mains, et maintenant, eh oui, le fer est nu, dit-il.

Les pauvres malheureuses sont affreusement gelées, dit l'homme à son caddie, que faut-il que je fasse car je n'en sens aucune ?
L'heure est grave, leur dit-il. Tu le sais toi aussi, nous tous nous le savons le risque qu'il y aurait à se tenir ainsi, au fer, sans protection. Tu le sais toi bien sûr qu'il est froid et qu'il est dur, mortellement adhérent, nous le savons nous tous, oh ça, nous le savons, le mastic que ça peut être, la poisse indécollable que ça peut devenir et même pire, pouvant brûler la peau que c'en sont des ampoules pour des jours et des jours. Et donc oui, sous les bras, c'est le meilleur endroit, c'est là qu'il faut venir, alors venez bon sang !
Allez !...

*

Voilà !... Voilà !... c'est bien. C'est bien, dit l'homme, c'est bien...
Quel effort gigantesque on nous demande,

petit !…

Mais enfin, elles sont là ! Elles sont là et c'est bien. C'est bien, dit-il, c'est bien. Maintenant on peut attendre.

Mais tu ne sais pas, petit – non bien sûr tu ne sais pas – tu ne peux pas savoir combien mes mains ont froid et ont mal sous mes bras. C'est affreux, je te le dis… Quel courage il nous faut pour attendre, dit l'homme…

Mais bon, on est sauvé ! Et nos mains toute brûlées, aux doigts désincarnés et crochetés au chariot, collés à la poignée métallique du chariot et qui, comme c'est affreux, m'ont donné tant de mal pour venir jusque-là, incapables de bouger comme elles s'étaient soudées, incrustées par le gel et plus sèches que des momies, sont bien là.

Quelle débandade, sinon, comment ça peut tourner ? Je n'invente rien, dit l'homme. Venir jusqu'aux aisselles. Seulement là ! Pas plus loin ! Quelle panique à la fin, nos pauvres mains, dit l'homme, ne savaient plus rien faire.

Et puis, longtemps après… longtemps – comme c'est terrible, enfin ! – dans les poches, quel effort ! Mais sous les aisselles, pire.

Quelle horreur à la fin !

Parce qu'on ne sentait rien ! De l'épaule jusqu'aux doigts tout était presque mort.

Mais on y est arrivé !

Et pourtant, et pourtant, ce n'était pas gagné. Un tel martyre, mon Dieu ! Aller directement du chariot aux aisselles quand on ne sent plus rien. Quand tout est pétrifié. Et trouver un refuge, un foyer pour tout dire, en quelque sorte un feu.

D'abord sous les aisselles…

Évidemment, dit-il, parce qu'elles sont comme des nids – tout ce qu'il y a de plus chaud.

Et donc sous les aisselles, puis les poches de la veste…

Et comme c'est difficile d'écarter simplement des bras qui sont pendus ! Qui n'ont plus de volonté ! Quant aux doigts, je le redis, il n'en est pas question, aucun n'est autonome.

Et on ne les sent plus.

Et le vent pendant ce temps qui ne se lasse jamais !... Mais à quoi bon, je dis, maudire ce qui revient. D'abord sous les aisselles, puis les poches de la veste. Une lutte sans merci. Presque perdue d'avance, mais on s'en est tiré. Le tissu. Quelle misère ! Se cogner au tissu. Le tissu. Le tissu. Au passage des deux poches. Pas un simple tissu. Un simple tissu de poche. Non. Du verre. Du verre coupant. Et c'est comme écarter deux rangées de tessons pour pénétrer dedans. Voilà, dit l'homme, voilà, l'étendue des horreurs qu'il nous faut endurer avant d'être tranquilles. Avant de se loger dans la moiteur d'un creux. Sous nos bras décharnés. Puis dans l'antre des poches…

Mais c'est aussi bien sûr, elles le savent bien du reste, cette perspective prochaine de l'ouverture des portes qui nous tient, car le tissu des poches est si fin !…

S'il n'y avait pas ce froid, dit l'homme à son caddie, à l'instant, lui dit-il, je serais presque bien.

Je serais presque bien à l'heure qu'il est, tu vois, s'il n'y avait pas encore tant de zones en sursis, et même ensevelies, dit l'homme à son caddie…

Mais maintenant silence. On ne la ramène plus, car les uns et les autres qui arrivent, sont là… Même pas un chuchotement, un déplacement de pied, même pas un va-et-vient de la tête, rien du tout… Beaucoup de présences tout d'un coup.

Car il faut être seul pour ne penser qu'à soi, comment faire autrement quand on est presque mort ?… Nous avons tant à faire pour nous sentir nous-mêmes, tant à faire pour unir à présent toutes nos parties.

Chacune a dérivé et où sont-elles maintenant ?

À force d'abandon et de découragement, elles

se sont décrochées, sont peut-être mourantes, et comment les ramener ?...

Et de savoir comme ça que nous pourrions les perdre… sans rien sentir, enfin, nous avons tant à faire… Nous devons les repêcher, et les repêcher toutes. Une à une, je le dis. Les chercher une à une dans la nuit froide, épaisse, où elles s'enfoncent doucement.

Dans les tenailles du froid, on s'endormirait presque, tu ne sais pas ça, petit, tu ne connais pas le mal, ni la douceur du reste, tu ne connais rien de la vie. C'est dur, tu sais, dit l'homme, de retrouver ses doigts, ses mains, toute sa personne. Il faut tellement souffrir pour être au monde, tu vois. Parce que ça s'ouvre là, figure-toi, là, petit, au bout de nos doigts morts, c'est comme un arbre qui pousse… des branches qui nous déchirent.

Il faudra donc souffrir pour chacune de ces zones devenues inconscientes, pour ainsi dire des souches.

On les a oubliées depuis combien de temps ?...

Depuis qu'on a été si terriblement assaillis. En plein sommeil déjà. Parce que nous sommes trop nus. Parce que nous sommes des proies réellement si faciles. En plein rêve qui plus est, en plein rêve l'âme transie, étonnée des sifflements à chaque poussée de la bise, à chaque éventrement de notre paillasse pitoyable... effarés, effarés des attaques en plein rêve, et ne pouvant ni fuir ni adoucir non plus notre nuit désolante.

Celles qu'on a délaissées parce qu'elles peuvent toutes celles-là s'en sortir sans notre aide. Parce qu'il y a des zones moins pelées, plus garnies, et heureusement, tu vois, moins malingres et plus futées !... Et qu'on jette à la cave, qu'on oublie, qu'on efface, dont on s'allège, quoi, connaissant leur ressource et pour tout dire leur cran !... Et donc, on n'y pense plus. Ni aux cuisses ni aux genoux. Et surtout pas aux fesses qui n'ont pas besoin de nous, ni même à notre dos, on y pense le moins souvent. Abandonnés au froid : tant pis, puisqu'ils résistent ! Il y en a tellement d'autres plus usés et plus malades qui demanderaient d'urgence à être évacués, et qu'il faut entourer, consoler et cajoler, les mains bien entendu, la peau fine des oreilles et le cou qui n'en peut plus.

Le temps passe, tu ne sais pas, il ne passe qu'une seule fois sur nos jambes et nos pieds qui vieillissent, retiens ça ?... Il s'agit donc maintenant de se grouiller, tu vois, si on veut les extraire de nos caves pleines de vent... Car tu ne sais pas, petit, toutes celles-là, figure-toi, elles ne demandent que ça ! Que ça, tu sais, mon dos, mes pauvres fesses, oui, de dormir, de dormir, et qu'on s'en débarrasse !... Mon dos. Mes fesses, petit. Trois réserves misérables qu'on a bien négligées, trois trappes, je te le dis, affreusement délaissées, qu'il nous faudra remplir tôt ou tard de chiens.

Et donc silence, silence. Ignorer toutes les vies qui pourraient nous distraire et se mettre au travail !...

Mais il ne s'agit pas de ça, les vies sont peu nombreuses, et les uns et les autres avec le froid sont rares, et tous ceux qu'on entend meurent plus loin dans le vent ou s'émiettent dans le froid comme broyés par des hélices.

Heureusement, dit l'homme, heureusement le temps passe et tout ce qui advient n'est jamais comme avant. Regarde, regarde, dit l'homme, nous sommes entiers, petit. À présent nous sommes entiers.

Maintenant nous sommes entiers... et c'est la meilleure heure.

3

Les uns et les autres sont partis, dit l'homme à son caddie. Ils reviendront.

Les portes s'ouvriront et tous, ils reviendront.

Les uns et les autres ne connaissent pas, dit l'homme, la glace que nous portons la nuit sur nos épaules, qui croît pendant nos rêves, nous entoure d'une calotte d'un crépuscule à l'autre. Ils ne savent rien de ça, ils vont ici et là, se déplacent comme des bulles.

Ils ne savent pas non plus qu'aux pires heures du matin, l'arrivée d'un moineau suffit à nous sauver. Son petit sautillement… Quand tout est dissuasif… Pas seulement le vent froid, ou la faim, ou l'exil, ou les nuits d'insomnie, sans draps, sans couvertures. Pas seulement l'esseulement : notre peur jour et nuit.

Un petit moineau gris. À peine plus haut qu'un doigt. Aussi pauvre que moi. Il fait des petits sauts, volette éberlué d'une privation à l'autre, dansote et se rapproche du côté de mon barda.

Ah ça ! Il n'a pas peur !

Et il ne s'en fait pas. Il est là à deux mètres et me nargue du bec. Regarde ! Il s'enhardit. Sa petite tête tremblante, qui m'observe et se penche, me fixe maintenant de son petit œil noir.

Il fait un autre bond. Puis un autre… Puis un autre… On n'en revient jamais d'une telle audace, dit l'homme. Quelle force il peut y avoir dans un si petit corps ! C'est donc lui qui pépie autour de mon bol d'eau, lui ce corps vulnérable qui me donne du courage et ce sursaut de vie qui m'est indispensable.

Ils ne savent pas non plus que nous nous réchauffons aux animaux qui passent, nous regardent, dit l'homme, puis s'en vont vivre leur vie. Un chat, petit, tu vois, qu'est-ce qu'il pense de tout ça ? Un chien, une souris… Une colonne de fourmis – simplement ça, dit l'homme –, est capable de nous bluffer. Ce n'est pas rien, tu sais. Des heures entières parfois. Aussi émerveillé par la course héroïque qui se joue devant nous que par ces petites pattes qui vont à toute allure et semblent n'appartenir qu'à un seul corps têtu. Il y a tant de beauté dans cette nécessité, tant de beauté, c'est vrai, et tant de cruauté. Parce qu'elle ne vaut plus rien celle qui s'est égarée au plus loin de la colonne, celle qu'un coup de vent trop fort a propulsée là-bas du côté du talus où se perdent les phéromones !… Quelle misère pour celle-là et quelle tristesse pour nous de la voir s'acharner sur le même bout de feuille, tourner pendant des heures, retracer plus de cent fois la même piste fermée...

Les uns et les autres vont trop vite, dit l'homme à son caddie, ils ne savent pas combien leur front peut être bas dans leur hâte et leur repli, leurs distractions communes et leur étourderie, ni qu'ils sont dépassés par des grues rectilignes, aussi fines qu'incassables, aussi plantureuses qu'indolentes et souples comme des girafes.

Des perfections, dit l'homme. Des perfections, tu vois, qu'il nous faut saluer.

Mais qui peut comprendre ça ? Qui sait combien leur grâce calme nos tremblements... L'appel des constructions, qui le ressent comme nous ?... Et la vue d'un parpaing, d'une poutre ou de deux tuiles, qui s'en émeut, dit-il, se passionne de chantiers ?

Mais ce matin, voilà, aucun des trois colosses hérissés ne travaille, ne monte ni ne descend sa charge de béton, quel dommage ! Tout est silencieux et tranquille. Ne s'écrasent à leur pied que des torrents de vent.

*

Et maintenant, regarde, dit l'homme à son

caddie. Regarde ce que je vois ! Après avoir guéri nos maux les plus coriaces, le soleil à présent réveille notre rêverie.

Dans quel autre combat pourrions-nous nous lancer après avoir gagné sur le vent et sur le froid ? Car nous pensons au monde. À notre petit monde qui nous attend chaque jour au fond de la sacoche. Si malade, tu sais bien, si vieux et si fragile, enveloppé comme il est dans nos restes de tissu.

Tout ce que nous gardons de nos morts, tu le sais, tout ce qu'il reste aussi de notre vie détruite on doit le préserver. Même si c'est trois fois rien. Même si nos petites babioles n'ont rien de bien glorieux et nous paraissent mitées. Tu comprends ? Et d'ailleurs, oui, mitées, elles le sont certainement, mais qu'est-ce que ça veut dire ? Quelle importance ça a, quelques trous ? Ces petites choses existent. Elles-mêmes ont bien souffert, ne sont pas plus bancales, plus déglinguées que nous. Et est-ce que l'une d'elles nous repousse ? Elles sont avec nous tous, depuis la nuit des temps. Elles sont là, elles existent, et elles sont dans la sacoche.

Alors, quand tu dévales, comme ce matin, dit l'homme, les escaliers, tu vois, et donc que tu t'étales, tu comprends bien, petit, que notre cœur s'emballe. Car qu'est-ce qu'il nous resterait ? Nous n'avons rien, dit l'homme.

Nous n'avons rien, plus rien, hormis ce très vieux monde et cet autre qui nous effraie. Par chance nous sommes sensibles et la beauté existe. Le froid lui-même, dit l'homme, a ses écarts splendides… Toutes ces combinaisons qui scintillent sous nos yeux autour de nous et puis, ces tours, grandes comme des livres et quand on passe, silence… On les a vues à l'œuvre souviens-toi, ce matin, impassibles, et pourtant, plus fortes que des brise-lames. Elles nous ont bien aidés toutes les quatre, on peut le dire, quand nous nous débattions au summum de la tempête et qu'elles-mêmes se dressaient, inflexibles et furieuses, devant les déferlantes. Par chance il y a tout ça qui nous aide, petit, quand nous n'en pouvons plus, et il y a aussi, tu le sais bien à force, il y a le monde des grues.

Eh oui, dit l'homme, les grues, les longues et maigres grues, leurs manœuvres inexpliquées… plus intimidantes que des sphinx…

Les grues nous font rêver, qu'est-ce qu'on croit ? Qu'on ne peut rien comprendre ! Rien sentir ? Toi encore, je veux bien, une pauvre poussette, je veux bien tout ce qu'on veut, encore que tu possèdes tant d'aptitudes, oui, tant d'efficacité et tant, tant de mérites. Et où est-ce qu'on t'a trouvé ? Sur un tas. À la casse comme on dit, et plus sale qu'une ordure. Un tas. Ce qu'il y avait en somme de plus repoussant et crasseux. On t'avait jeté là. Et pourtant tu roulais, tu n'avais rien de cassé, rien du tout, quelle bêtise ! Rien de cassé bon sang et quand même te jeter !

Les uns et les autres ne pensent pas que quand ils sont partis, les choses restent. Ils ont besoin de changements et toujours de nouveautés. Leur insatisfaction est permanente, tu vois. Et nous qui sommes ici, perpétuellement logés au bord du même fossé, nous avons la rareté. Nous avons la rareté, dit l'homme à son caddie, sans l'ennui, tu comprends ?

Alors ! De quoi nous plaignons-nous ?

Sans excès. Sans avenir. À force d'aller et venir, de refaire tous les jours ce qu'on a fait la veille, tout, nous le voyons mieux. Tout, nous le faisons mieux. Qui court après l'avenir ne connaît pas comme nous les fabuleuses distances du présent. Regarde ! Ils sont partis. Partis. Ils partent, tu vois, petit. Pour les autres, tu vois, rien n'est jamais ici. Rien n'est jamais maintenant. Ils s'en vont... ils s'en vont... D'ici, nous la voyons, l'évasion par petits groupes, les rues pleines tout à coup, et rien, et rien au bout...

Le froid s'éloigne, dit-il, il s'éloigne pour de bon.

Si tu savais, petit, ce que nous endurons.

Ce que nous endurons, personne, personne, tu sais, ne peut le comprendre, non.

Si nous étions un cheval, tu sais, à l'heure qu'il est, dit-il, eh bien, nous dormirions.

Que ne sommes-nous cette bête, cette pauvre bête, dit l'homme, bien trop vieille pour penser, bien trop faible pour partir, qui a tout oublié de sa prairie natale et se repaît de foin. Et donc, tu vois, petit, qui est pourvue, comblée, rassasiée pour de bon, en plus de tout, de tout, comme de dormir debout, qui a le ventre plein. N'être plus rien, tu vois, que cette bête à l'écurie…. Nous sommes si fatigués… nous n'avons plus de jambes.

Mais de quoi nous plaignons-nous ? Car nous n'avons plus froid.

Regarde bien, dit l'homme. Maintenant, nous la voyons la prodigieuse gelée dont nous sommes tous sortis. Impartiale et brutale, nous pouvons contempler sa parfaite indifférence. Mais nous ne crions pas, à quoi bon ?... Malgré tout, nous sommes là, et c'est pour ainsi dire un matin presque doux.

*

Les uns et les autres reviennent, tais-toi… ils arrivent de toutes parts en petites unités, ils seront bientôt là. Ils seront là, tais-toi, avec leurs nombreux pieds. Attendons, attendons, les portes vont s'ouvrir sur des voix qui bourdonnent et qui bientôt voleront pour nous autres comme des cloches. Il y aura brusquement comme une sorte de fredon qui se mêlera aux gonds et tout ça va sauter.

Les voilà !

Mais bon, il faut se taire, et ne pas s'emballer, et faire que tout se passe bien. Un gai fredon, tais-toi, et toutes sortes d'explosions, et ça volera de toute part, et donc se tenir prêt, parce qu'il nous faut attendre... Attendre, oui, tais-toi, et surtout pas de mêlée, et pas de bouillons de bras qui nous feraient tomber. Attendre donc, je dis, une de ces mains tranquilles, il y en a toujours une. IL Y EN A, tais-toi donc, et ignorer les autres, toutes celles-là justement qui se jettent dans le sas comme de l'eau dans une écluse. Surtout les éviter, toutes celles-là, tiens bien sûr, parce qu'elles n'attendent que ça, de vous rentrer dedans, et partent au quart de tour, et sont impétueuses, et s'empressent et s'engouffrent et en plus se bousculent et se battent pour passer.

Ignorer toutes celles-là, bien entendu, tais-toi, c'est le moins qu'on puisse faire, et guetter justement celle qui n'a pas glissé dans cette rivière de bras parce qu'elle est sur le côté… Bien sûr qu'il y en a, je te dis, il y en a. Toujours une. Il y en a. Une de ces mains tranquilles qui attend que ça se passe. Qui se tient en arrière. Plus lente que toutes les autres. Parce qu'il doit s'en trouver au moins une qui est là, qui est là en arrière, qui n'entre pas celle-là dans le feu du portillon.

Et qu'est-ce qu'on y perdra à attendre quelques secondes ?

Et donc oui, attendons… attendons cette main-là qui nous fera passer.

Attendons, attendons… Il en suffit d'une seule – tenir une porte, oui, ouverte, qu'est-ce que ça coûte ? N'y-a-t-il pas d'ailleurs des figures en costumes, perchées en haut des arbres telles que nous les voyons certains soirs de pleine lune sous nos paupières malades ?

Nous sentons qu'il y en a.

De pâles silhouettes mourantes affublées de manteaux aux longs bras qui se balancent. Attristées des plaies d'autrui… Nous sentons qu'il y en a… Pâles et longues apparences qui voient nos mains gelées. Qui se mettent à pleurer sur nos frêles épaules, nos oreilles violacées, nos yeux mélancoliques et qui descendent d'elles-mêmes en embrassant le tronc.

Et donc, oui, restons calme. Soyons prêt pour ce moment. Attendons qu'une main… Tais-toi ! En voici une. En voici une qui vient… Qui est calme. Qui est lente. Qui n'a pas peur de nous. La voilà qui s'avance au bout de son manteau, dans l'air froid intolérable... Lentement. Chaudement. La voilà qui s'avance avec un geste rond qui encercle toute l'entrée. Qui tient ouverte la porte. Qui attend. Qui attend. Qui tient la porte lourde spécialement pour nous autres. Qui la tient spécialement et qui s'apprête à suivre notre entrée fastidieuse et nos sinistres errements. Calmement. Posément. Sans aucune brusquerie ni aucune impatience. Qui attend, figure-toi, attend, attend, attend... attend notre venue... Tu vois ?... Tu vois, petit ?... qui attend que nous passions.

4

Et voilà, c'est à nous.

C'est donc à nous, dit l'homme, c'est donc à nous de rentrer, puisqu'une main nous attend, puisqu'elle nous tient la porte, sans un mot, sans un signe.

Et nous passerons d'ailleurs sans un mot, sans un signe.

Sans un mot, je le redis, parce que c'est mieux pour nous.

C'est mieux pour nous, je dis. À quoi bon, oui, tais-toi, et qu'est-ce qu'on irait dire ?

Et parce qu'une main, maintenant, retient la porte, oui, nous devons nous dépêcher.

Allons, dépêchons-nous ! redit l'homme qui s'ébranle.

Il va falloir se grouiller, vu tout ce qu'on a à faire comme va-et-vient et tout. Il faudra se grouiller et faire du mieux qu'on peut, et aller droit au but, sans se faire remarquer... Et pas de retardement avec la jambe… ça non ! Surtout pas la laisser déraper sur le côté !

Et c'est donc au chariot de partir en premier.

Et donc, il faut y aller.

Il faut y aller, je dis, je n'arrête pas de le dire…

Mais pas besoin de mots pour lancer le chariot, ça roule tout seul, ça oui. C'est le reste qui ne va pas.

Parce qu'il y a la jambe.

La jambe, évidemment, on le sait bien, tais-toi, notre jambe détraquée qu'il faut porter partout à l'aide de nos deux bras, et tirer sur le pied, et encore le soulever et le déménager.

Et c'est vrai qu'on est dur avec cette impotente !

Parce qu'on la traite chaque fois des noms les plus blessants – la pauvre, oui, c'est vrai, tout ce qu'il y a de pire. Des paroles exécrables qu'on regrette aussitôt, enfin bon, toujours raide, toujours en rade, ça, jamais là où il faut, et du plomb, et du plomb.

Mais c'est notre martyre, ça aussi on le sait, chacun de nous le sait qu'elle est notre victime dans les heures les plus sales. Et on n'a même pas honte de déverser sur elle notre bile, non, tais-toi, sur le moment, même pas, ce n'est qu'après, enfin, parce qu'on la voit si seule et si désemparée, si séparée de nous et bien plus dédaignée qu'une ficelle crasseuse, qu'on se met à la plaindre pour de vrai, oui vraiment, on regrette pour de bon.

Parce qu'en plus du souci qu'elle nous inflige, dit l'homme, elle est tout égarée à force d'être immobile et d'être reléguée à sa triste nullité… Sans parler de la nuit qui coagule son sang du pied jusqu'à la hanche… Et donc oui, quelle misère, tant pour elle que pour nous. La transporter, rien que ça, quelle misère, nom d'un chien, devant la main qui ouvre… N'être même pas capable de passer comme une flèche, et faire attendre, attendre.

Il y a au moins quatre pieds qui stationnent à présent, quatre pieds devant la porte et la main toujours là, qui continue d'ouvrir, qui attend, qui attend, qui attend patiemment, qui espère qu'on s'y mette, qu'on passe la première porte, qui espère qu'on y aille et qu'on traverse le sas, puis qu'on passe l'autre porte, celle qui s'ouvre sur le hall, sans faux-semblant, tais-toi, oui bien sûr, sans chichi, sans chichi d'aucune sorte, et donc qu'on en finisse une bonne fois et basta…

Eh bien, nous y voilà, et c'est grâce au chariot, le plus léger de tous.
Et voilà que nous y sommes.
Voilà que nous sommes là. Devant la porte, oui, et donc la main qui ouvre.
Et c'est une main toute simple qui ne fait pas de

remarque, qui supporte notre lenteur, qui ne tapote même pas, ne se crispe même pas ni non plus ne s'impatiente, alors profitons-en !

Et c'est à nous de montrer un peu de reconnaissance, mais pas trop, mais pas trop, car il nous faut rester à distance de l'aumône qui pourrait nous tuer. Oh oui ! Préserver à tout prix notre sobriété si âprement acquise, notre économie stricte.

Et puis. Nous le savons. Nous ne pourrions contenir une trop grande douceur, où la mettrions-nous ?... Et quoi ? Chaque fois qu'il s'est ouvert, notre cœur est tombé bien des dizaines de fois dans des mains indifférentes, mais ce n'est même pas ça...

On ne gommera jamais le jour d'avant, tu sais, l'écrasement de la colline... et l'arrachement des toits !... Comme ça, petit ! D'un doigt !...

Tout est devenu plat. En un seul jour, tu vois, tout est devenu plat.

Plus tard, à l'inverse de certains qui n'avaient rien compris, qui se seraient égorgés pour un morceau de planche, qui pensent que ça repousse ! La plupart étaient loin et ne cherchaient plus rien...

Trouver un bout de bois et refaire toute l'histoire, et le mettre de côté, et pleurer sur le bleu qu'on vient de ramasser, parce qu'on l'a reconnu au milieu des décombres, et qu'il n'y a que le bleu délavé de sa porte comparable à celui-ci, c'est pourtant ce qu'on a fait ?... On cherche sa porte, oui… On cherche sa propre porte, peinturlurée jadis sur une paire de tréteaux, et sa relique nous suit, et c'est tout ce qu'il nous reste.

Voilà, dit l'homme, voilà, comment on se souvient de notre monde, petit !

Parce qu'ils n'ont rien que nous, les absents nous poursuivent.

Qu'ils nous déchirent le cœur s'il le faut, je leur dis, mais ne nous oublient pas !...

Quelques vieux fils encore nous relient certaines nuits à l'ancien monde, dit l'homme. C'est un miracle, tu vois. La table et le buffet se tiennent là, nous attendent... La route est longue, longue, jusqu'à notre maison. Si petite dans la pente. Si recroquevillée et perdue. C'est là qu'elle semble intacte et comme paisiblement revenue de ses ruines, paisiblement posée derrière une de ces grilles recouvertes de branches… Ah ! ces lumières, petit ! On entrait dans la nuit sans avoir peur, tu sais ! Car sous la pente du toit le ciel est si petit. Les seules petites fenêtres de la colline d'en face remplissent le monde, tu sais. Tout est là, je t'assure… la blancheur de la lune, les pattes noires du petit chat dans la neige de la cour, les aboiements du chien sur l'ombre des pots de fleurs…

C'est par cette porte, parfois, que le soleil

d'hiver entrouvre nos trois cartons ajustés à la sauvette dans le noir d'un cul-de-sac ou au coin d'un portique – cette porte-ci, petit. Ça nous vient de nulle part... Et le soleil est là. Dans la porte, figure-toi ! Au-delà des cartons que le vent fait trembler. Et au grand étonnement de nos mains qui se plaquent pour qu'ils ne s'envolent pas, la porte s'ouvre, dit l'homme, laisse entrer la lumière par une de leurs fentes étincelantes. On peut tout reconstruire à partir d'un seul mot, tout reconstruire, dit l'homme. La porte et derrière elle le monde tel qu'il était.

Et voilà que nous y sommes, le chariot en premier, et il s'agit d'entrer.
Et il s'agit d'entrer, maintenant que nous y sommes.
Et il s'agit de faire vite et d'attendre dans le sas à côté des deux pieds et sous la main qui tient.
Parce qu'il faut basculer la jambe au bon endroit. Là où le sas est vide. Là où il n'y a pas de pieds. Et le sas est rempli de six pieds, rien que ça, au moment où la main ouvre la seconde porte. C'est comme ça, d'autres pieds, qui se sont engouffrés, qui en profitent en somme – des intranquilles ceux-là, qui spéculent à tout bout de champ quelques secondes d'avance. Il n'y a pas moins de six pieds et des mains qui ne font rien, qui profitent sans vergogne, et qui

passent sans remords, et ne font que passer et ne tiennent pas la porte. Et ça fait tout un tas derrière les vitres du sas qui piétineraient les autres pour gagner une minute.

Mais qu'est-ce que ça peut faire puisque la main fait tout et qu'elle le fait pour nous ?... Elle tient la première porte et tolère tout ce qui vient – des intrus sans retenue –, mais elle la tient pour nous, ça, nous l'avons compris, puis la deuxième, oui, grande ouverte sur le hall. Et la moindre des choses c'est qu'on ne trompe personne, qu'on montre notre zèle, et qu'on se glisse au mieux entre cette porte et l'autre, et qu'aucun ne traînasse, car tout ça prend du temps, à cause de la poussette, à cause de notre jambe et à cause des six pieds, même s'ils volent.

Et voilà que nous passons la dernière porte enfin et que celle-ci bascule.

La voilà qui bascule et qui n'oscille plus.

Et au lieu d'osciller, de battre comme un pendule, de s'ouvrir et de se fermer aux va-et-vient du monde, elle se fige. La voilà qui s'arrête toute fermée pour de bon, ah oui ! tout à fait close, plus rien, plus rien ne rentre.

Et le vacarme des portes qui nous semblait parti pour avaler le monde retombe dans le néant. Ce ne sont plus que des *pffuitts*, des battements isolés, des recollements de ventouses, quelques fluettes entrées, une par-ci, une par-là.

 Et donc, voilà, enfin, dit l'homme à son caddie, nous sommes presque arrivés. Nous y sommes presque, dit l'homme… Dans quelques mètres, dit-il, nous serons arrivés.
 Et voici que la main retourne d'où elle vient, toute à ses possessions, puisqu'elle reprend son gant, son gant de cuir fourré que tenait l'autre main et retombe sur la cuisse.
 Et quel air plus léger pourrions-nous donc avoir que de s'en détourner ?... Et la laisser partir, revenir vers elle-même, à son désœuvrement, pendue sur le côté. Et ne rien faire de plus au risque de tout brouiller. Surtout pas d'étalage, je le dis, surtout pas, et aucune simagrée qui viendrait exhiber notre modeste entrée. Il ne manquerait plus que ça d'étaler notre entrée, tais-toi, restons contenus, montrons qu'on s'en tire bien, qu'on s'en tire bien je dis, et qu'il n'en faut pas plus. Voilà.

 Voilà. Nous sommes dedans. Comme les uns et les autres.
 Et combien de présences il y a, je ne sais pas. Énormément de présences. Énormément, tais-toi. Des pieds qui ne s'en font pas, il y en a, ô combien, et

qui ne sont pas perdus. Pas un seul n'est perdu. On le voit bien du reste qu'aucun d'eux n'est perdu, que leur place est partout, tandis que nous, bien sûr…, les autres habitent partout, leurs possessions s'étendent au-devant de leurs deux pieds, se déplacent avec eux. Ils vont d'un sol à l'autre et n'en regrettent aucun, et il en va ainsi de leurs propriétés qu'ils conquièrent et qu'ils délaissent. Les uns et les autres ne connaissent pas comme nous la dure rareté des places. Ils n'ont pas à compter chaque pas qui les conduit, n'ont pas à recenser autour d'eux les places vides. Ils vont et viennent tranquilles, circulent d'un sol à l'autre, se fixent puis se défixent, n'ont pas peur. Ils sont là puis ailleurs, sans s'en faire le moins du monde, restent là puis s'en vont, puis un autre s'y met et tout ça est si fluide que c'est comme une seule danse… Et les uns et les autres sont ainsi tous reliés par cette surprenante fluidité.

Quant à nous qui butons et traînons comme des poutres, rejoignons le chariot. Allons, ne traînons pas et marchons l'air de rien.

Accrochons-nous, dit l'homme, nous sommes presque arrivés. Et combien de présences il y a, je ne sais pas, énormément de présences et des centaines de voix.

Toutes ces voix, toutes ces voix, toutes ces voix

qui se parlent... Écoute, petit, écoute ! Si disparates, tu entends, et pourtant si inséparables et unies.

Autant de chuchotements, de clameurs et de murmures qui s'enchevêtrent ici et résonnent dans le hall.

Mais ne pas se laisser divertir par des voix qui ne peuvent rien pour nous. Qui pourraient nous retarder plus instantanément que le chant des sirènes et ne rien nous adresser. Aucune sorte, je te le dis, de secours pour nous autres et sans que c'en soit fini de nos oreilles brûlées et encore pleines de vent.

Car de quoi parlent-elles, en vérité, petit ?... De quoi parlent ces voix ?... De bruits qui nous submergent. Mon Dieu oui, nous chavirent. Ceux-là mêmes qui hier nous ont abandonnés et qui sont pour nous autres l'obsession la plus noire.

Les autres parlent, petit, ils parlent, ils parlent tout le temps.

Et de quoi parlent-ils, dit l'homme à son caddie ? Tu ne sais pas ça bien sûr. Ils parlent de ce qu'ils font. De manger, de dormir. De sortir et de rentrer. Des portes qui sont ouvertes, de celles qui sont fermées, et de rentrer au chaud. Voilà de quoi ils parlent en se promenant, dit l'homme, en venant jusqu'ici, sans peur des autres, du froid, sans peur du temps qu'il fait ni de la nuit qui tombe, ni de perdre leurs clés. Quant à leurs yeux, regarde, ils nous ignorent, tu vois, mais c'est presque de bonté...

D'ailleurs ils se détournent.

D'ailleurs ils partent déjà, c'en est presque fini. Ils se détournent, tu vois, les uns et les autres se détournent, se divisent, c'est normal. C'est normal, ils vont là. Bientôt, en moins de deux, ils vont s'éparpiller et glisser par petites grappes vers un seul point du hall et uniquement de dos, puis descendre.

Tous.

Ils descendent, dit l'homme, ils descendent et ils s'enfoncent.

Ils s'enfoncent et ils s'écartent.

Tous.

Tous ceux-là, c'est normal, ils s'enfoncent par petites grappes puis de nouveau s'attroupent.

C'est normal, ils s'attroupent. Ils s'attroupent, ils se serrent. Ils se serrent à présent les uns contre les autres, et là, ils n'ont pas froid.

Et aucun d'eux n'a peur de la longue nuit d'images qu'il s'apprête à traverser. Aucun ne craint le vent de lumière qui se lève, ils ouvrent de grands yeux.

Ils ont des yeux, des yeux, ils les ouvrent, c'est normal, de grands yeux, c'est normal, qui attendent d'être emportés.

Parce qu'il va faire très noir. Il fera très très noir... Une belle nuit sans ténèbres.

Et c'est là qu'ils s'enlisent, c'est normal, ils

s'enlisent et ils deviennent des ombres.

Il n'y a plus que des ombres qui s'enlisent et des yeux.

Et dans l'obscurité apparaît un geyser qui jaillit devant eux.

Et voilà que les yeux, les yeux brillent, dit l'homme, écarquillés, voilà, dans le noir concentrique et sur le geyser de lumière.

Tous.

Et voilà qu'il n'y a plus que des ombres qui ondulent, que le geyser et eux. Voilà qu'il n'y a plus qu'eux. Écarquillés, dit l'homme. Dès la première image… Puis la suivante, dit-il… Puis une autre, puis une autre, puis toutes celles qui viendront surgissant du néant et se multipliant… Lesquelles arrivent déjà, lesquelles soulèvent déjà comme un vent dans les rangs, lesquelles pour la plupart jailliront dans la nuit à des vitesses très grandes.

Quant à nous, allons-y, dit l'homme à son caddie, car nous sommes arrivés.

5

Et voilà.
Voilà, dit l'homme, voilà.
On est là.
Oui, dit-il. On est là.
Et maintenant, dit l'homme, on est là et c'est bien.

C'est bien, dit-il.
C'est bien.
Maintenant, on est là.

C'est fait.

Tu te rends compte, dit l'homme ?
Non, tu ne te rends pas compte, tu n'en sais rien bien sûr qu'on a failli… enfin… que moins une, c'était foutu.
Et j'ai eu peur, tu sais. J'ai eu si peur, si peur.
Parce qu'on a failli croire… Si tu savais, mon

Dieu, on a failli croire ça, figure-toi, quand j'y pense : qu'il faudrait repartir !

C'était moins une, moins une.

Tu te rends compte, dit l'homme ? Repartir !

Repartir... Repartir... Mais... CE N'EST PAS POSSIBLE !

Et notre cœur, tu vois ? Il n'arrête pas de cogner !

Il cogne. Il cogne, petit. Écoute-le comme il cogne.

Ne cogne pas, lui dit-il, car il parle à son cœur comme à toute sa personne... Ne tremble pas, enfin, on est là. ON EST LÀ.

Parce qu'il a cru peut-être que c'en était fini !

IL S'EST FIGURÉ ÇA.

Plus de porte, tu te rends compte ? Une cloison haute comme ça ! Et les WC alors ! ON NE PASSE PAS ! Pas moyen de passer ! Pas de WC, mon Dieu !... De WC, tu te rends compte ?

BARRICADÉS !

J'ai eu si peur. Si peur. J'ai eu une si grande peur.

Et où aller, mon Dieu ?

Et la jambe qui était là, qui faisait comme de juste ce qu'elle pouvait, bien sûr, qui tremblait comme une feuille et qui voulait passer... Parce qu'elle avait besoin de s'allonger, eh oui… la jambe… tu vois… la jambe… c'est d'un triste de voir ça.

Et on s'est dit alors qu'il faudrait s'en aller. On s'est dit ça alors. Ça nous a traversés.

Tu te rends compte, dit l'homme,
REPARTIR DANS LE FROID ?!

Et c'est bien pourtant ça qu'on s'est dit, tu te rends compte, pendant quelques minutes !

On a cru ça, mon Dieu.

On a failli croire ça. Qu'on devrait s'en aller.

Parce que c'était fini… Parce qu'il n'y aurait rien d'autre. Pas de place, tu comprends… On a eu peur, mon Dieu. On a eu tellement peur… regarde, j'en tremble encore.

Je tremble, je tremble…

Et j'ai eu froid, tu sais, j'ai eu froid tout d'un coup… je nous ai vus dehors.

Parce qu'il n'y avait PLUS RIEN. Il n'y avait RIEN D'AUTRE !

Et nous, on a cru ça. On a cru ça, tu vois. Ça nous a tout d'un coup traversés, non d'un chien, ça s'est planté en nous comme des clous. COMME DES CLOUS ! Et on s'est vus dehors.

Et notre jambe, la pauvre, qui ne décollait plus, qui voulait entrer là !

Entrer là, mais la pauvre !...

Et nous. Complètement fous !

Tu te rends compte de ça, qu'on était sur le point de tout abandonner ?

Mais enfin, pour quoi faire ?

Pour quoi ?... POUR REPARTIR ?

J'en tremble encore, mon Dieu, j'en tremble, j'en tremble, tu vois, repartir sans s'asseoir !... Sans même se soulager !

Et on est restés là, on ne sait combien de temps, comme des crétins, enfin, éberlués, foutus, ne sachant quoi penser, complètement ahuris.

Et le temps qui est long dans ces cas-là, mon Dieu, qu'est-ce que le temps est long quand il n'y a plus d'espoir !

Jusqu'à ce qu'on se retourne ! Qu'on se retourne, dit l'homme, et que là, ON LES VOIT !

Heureusement, heureusement, que nous avons encore quelques ressources, petit, car voilà que nos yeux qui étaient pétrifiés, ahuris pour tout dire, enfoncés comme des clous et qui, comme par hasard, fixaient à l'autre bout la sortie, s'écarquillent. Ils sursautent, nom d'un chien. Car qu'est-ce qu'ils voient, bon sang ? C'était pas difficile, et qu'est-ce que ça peut faire ?

Qu'est-ce que ça fait, bon sang, que ce ne soit pas chez nous, les WC de d'habitude, les nôtres sont fermés.

Et qu'est-ce qu'on a bien fait de foncer sans

réfléchir. Elles s'en fichent bien d'ailleurs toutes celles-là qui viennent là, qu'est-ce que ça peut leur faire ?

Et puis, qu'est-ce que ça fait puisque les nôtres, d'abord, étaient barricadés – pas moyen d'y aller. Une cloison. Qu'est-ce que je dis ? Une muraille haute comme ça. Et les uns et les autres qui stationnent devant ça, qui montent peut-être la garde, on n'en sait rien nous autres, on s'en fiche bien d'ailleurs. Il y aura une raison qui les regarde ma foi, ça n'a pas d'importance.

Mais restons calmes, dit l'homme. Calmons-nous. Calmons-nous. Nous pouvons rester calmes, dit l'homme à son caddie, nous pouvons rester calmes puisqu'on est arrivés.

Et puisqu'on est chez nous, pour ainsi dire, petit, à présent qu'on est ici, qu'on a fermé la porte, on peut bien se calmer.

Oui.

Maintenant qu'on est là, qu'on est dedans, dit l'homme. Que la porte est fermée.

OUI BIEN SÛR !

Mais tu vois, en même temps, dit l'homme à son caddie, j'en ai la chair de poule.

J'en ai la chair de poule. Regarde. J'en tremble, j'en tremble encore. Car comment rester calmes devant ce qui nous arrive ? Comment décrire, petit, ce que nous éprouvons, qui nous submerge, oui, après toutes ces horreurs ? Après cette peur, mon Dieu, cette panique, tu te rends compte, repartir dans le froid. Quand j'y pense. DANS LE FROID !

Et maintenant ici.

Une telle transformation pour nous qui sommes à bout, nous retrouver ici, enfermés, soulagés, comment décrire seulement ce que nous éprouvons et ce qui nous submerge ? Ne serait-ce que l'extrême perfection de volume qui nous borne et nous contient. On n'en voudrait pas d'autre à l'heure qu'il est, dit l'homme, pas moins d'exiguïté, au contraire, au contraire, nous avons tant besoin d'être entourés de murs et couverts de protection…

Et voilà que nous chialons ! C'est bête, mon Dieu, dit-il, alors qu'on vient juste d'arriver…

Et maintenant… Oh mais !... Mais qu'est-ce qui nous arrive ? dit l'homme à son caddie.

Et voilà que ça nous arrive !

Et ça fait si longtemps, on fait si attention, et là, ça nous arrive.

Et comment ça nous arrive ?

Comment ça nous arrive ? dit l'homme à son caddie. À force de fatigue, d'avoir peur et d'avoir froid, et de chialer bêtement… Mais ce n'est pas correct, ce n'est pas bien du tout, faire comme ça dans son froc, tu te rends compte de ça ? Et comment ça nous arrive ?

Et voilà qu'on est mouillé, qu'on est trempé, mon Dieu, il ne manquait plus que ça, on n'avait pas besoin de ce malheur en plus, maintenant qu'on vient juste d'arriver. Pas besoin de ça, bon Dieu, maintenant qu'on est là, qu'on peut goûter enfin tout le bien qu'il y a, à être là, dit l'homme, enfermé pour de bon, pour quelques heures, enfin, voilà que ça nous arrive.

Ce n'est pas qu'on ait honte, car qu'est-ce que c'est ? C'est rien. Ce n'est qu'un peu de pisse. Tu t'en doutes bien toi-même que ce n'est rien du tout, une petite pisse de rien, mais ça fiche tout par terre.

Alors qu'on vient juste d'arriver.

Et voilà que ça nous arrive.

Et c'est tellement idiot ! Tellement idiot, je te dis, car on n'aura même pas le plaisir de pisser !

OUI.

Rien que ça. De pisser. De pisser là, dit-il. Assis là, tu sais bien. Même pas ce plaisir-là. C'est pas de chance, tu le sais, car c'est notre plaisir. Pisser ici, tu vois, sans devoir se presser, tranquillement et tout seul, sans être dérangé, loin de toutes ces présences qui sont là et nous épient, à chaque fois qu'on est dehors, dehors bien sûr, dehors, qu'on pisse dehors,

dehors, au milieu de ceux-là qui défilent dans nos jambes, qui s'attardent constamment, qui passent, qui passent, qui passent, qui n'arrêtent pas de passer, tandis qu'on se dépêche, qu'on a peur de gêner, et alors qu'on a honte et qu'on ne peut même pas être seul et se cacher.

Et parce qu'on est dedans, on avait tout le temps, tout le temps qu'on voulait… et on aurait été si tranquilles, si contents. Seuls et assis ici. Mais voilà que ça nous arrive, voilà que maintenant notre froc est trempé et qu'on n'a plus envie.

Et ce n'est même pas la jambe. Pour une fois, même pas elle, et on ne peut même pas lui en vouloir, dit-il…

Oh je m'en veux maintenant, je m'en veux, je m'en veux. Sans compter qu'on est mouillé.

Et ce n'est pas non plus la chaleur que ça donne… D'ailleurs, ça dure si peu.

Parce qu'on y pense, tu vois, à ce moment. Oh oui. À ce moment de repos qu'on ne retrouve nulle part. Qui est si rare, si rare.

Toutes les fois qu'on arrive. Toutes les fois qu'on ferme la porte. Toutes les fois qu'on s'assoit. Sur la lunette, dit l'homme. Toutes les fois qu'on est assis. Toutes les fois qu'on se penche. Toutes les fois que nos coudes prennent appui sur nos genoux. Que nous mettons nos mains devant nos yeux fermés, noyés de petites étoiles. Toutes les fois que nos pouces après ça se redressent, qu'ils se redressent comme ça, de part et d'autre des joues... Et nos doigts, tous nos doigts, toutes les fois qu'on les met là, comme des sortes de piliers qui soutiennent notre front, capables de recevoir notre tête tellement lourde. Toutes les fois que notre front va plus loin que nos doigts parce qu'il glisse, parce qu'il tombe, entraîné dans le vide comme tout un pan de tuiles. Toutes les fois que nos pouces le retiennent parce qu'il chute, alors qu'eux-mêmes s'enfoncent sur la partie saillante et osseuse de nos joues. Toutes les fois que notre tête s'en remet à nos joues, que les parties solides se confirment ou deviennent molles, que notre cou lui-même s'amollit, s'arrondit, se courbe comme une liane, tout heureux de se plier, d'abandonner son axe, toutes les fois qu'il se vide, que notre corps déverse à son tour son lot de sable, toutes les fois qu'on éprouve cette grande plénitude, c'est ici. C'est ici, dit l'homme à son caddie... Au lieu de ça, mon Dieu, nous sommes mouillés et sales.

C'est dommage, je te le dis.

C'est dommage d'en être là, c'est dommage.

Et maintenant, dit l'homme, je suis si fatigué.

Et donc, asseyons-nous. Asseyons-nous, dit l'homme. Nous devons nous asseoir et détendre notre jambe qui est morte et qui tremble.

Aide-moi, petit. Voilà. Nous devons nous asseoir et allonger la jambe. Faire qu'elle s'allonge, oui. Allongeons-la, dit-il, elle ne tient que par un fil.

Viens t'allonger ici, dit l'homme à sa jambe raide, parce qu'il parle à sa jambe comme à toute sa personne. Allonge-toi, lui dit-il, allonge-toi donc ici, tu n'en peux plus, allez…

On n'en revient jamais de sa débilité. Chaque fois c'est la même chose, il faut s'habituer, on lui parle, elle ne bouge pas, il faut tout faire pour elle. Et avec cette fatigue qui nous mine tous, dit-il, heureusement que tu es là. Merci, merci, petit, dit l'homme son caddie, à présent tout va bien.

Et maintenant qu'on est assis, approche un peu, dit-il.

Approche donc je te dis, dit l'homme à son caddie, qu'on te dégrafe un peu.

Et comment c'est serré ! Tu es tout boudiné !

Quelle idée on a eue de te serrer comme ça ! Parce que c'est comme congelé. C'est gelé, regarde ça ! Et c'est tout un fromage à présent, tu vois bien, pour dépaqueter tout ça, défaire le nœud et tout. Et cette boucle trop petite qui se perd dans nos doigts ! Oui, vraiment, ça ne va pas, il faut laisser du mou.

C'est bien parce qu'aujourd'hui on était dépassés, après cette nuit de fou dont il a bien fallu qu'on sorte indemnes, ça oui, pour venir jusqu'ici, mais quand même quelle bêtise de t'agrafer comme ça ! Chaque matin c'est pareil, on n'y pense pas, on serre, on tire sur le cordon et on comprime la boucle.

On ne pense pas, tu sais, aux choses les plus sérieuses, dit l'homme à son caddie. C'est comme tous les lacets qui attendent d'être noués, et si on les laisse pendre ce ne sont que des ennuis. On a bien connu ça nous autres aussi, les nœuds, apprendre à faire les nœuds, à les défaire, dit l'homme, faire et défaire son nœud sans l'aide de qui que ce soit !

Quel événement alors quand ça y était, tu sais : lacer sa petite chaussure. Et pour les yeux de qui ? Ceux qui étaient devant nous. Pardi. Devant nous autres, dit l'homme, et nous couvaient du regard.

Et voilà ce que tu ne sais pas, toi ma pauvre poussette qui n'a pas d'yeux à toi et dont personne jamais n'admirera les prouesses : on nous encourageait à chaque nouvel exploit. On nous couvait, tu vois, d'un regard indulgent, longtemps dubitatif avant de s'ébahir, regardant nos petits doigts.

Bon, ça va, c'est dégrafé, ça va, tu n'es pas abîmé, c'est seulement le cordon qui est usé, tu vois : il s'effiloche. On en a plein les mains de ces fils, regarde ça, ça se défait maintenant et qu'est-ce que c'est pénible, ça prend des proportions indescriptibles, bon sang, quand tout ça s'entortille, et quand pardessus tout il se met à geler que ça rend la ficelle tout à fait indémêlable ! Mais ça va, c'est fini. Allez, allez, respire ! Tu peux respirer, je te dis.

Et maintenant bien sûr il nous faut la serviette.

Mais comment c'est arrivé ? Je m'en veux, je m'en veux. Après toute cette fatigue, voilà que ça nous arrive.

Et à présent, dit-il, qu'on est éclaboussé par cette pisse, oui, enfin, il faut bien qu'on en finisse !... Mais pourquoi ça nous arrive ?... Parce qu'on pouvait attendre... On aurait pu attendre... Et il a donc fallu que ça nous tombe dessus ! Avec tout le repos dont on a tant besoin et le temps qui est si court.

Et maintenant, tu vois, il va falloir faire ça, se défaire ! Se changer ! Au lieu tout simplement de pisser, de souffler, de mettre notre repos au centre de notre vie, passer l'autre caleçon et enlever celui-ci.

Celui-ci, nom d'un chien, pour l'autre qui pendouille !

Car tu le sais aussi, c'est le moins amoché du point de vue des élastiques, en plus du reste, enfin... c'est le seul qui me va, c'est même le seul valable, tu le sais toi aussi, et donc le faire sécher, et d'abord le laver, l'étendre, oui, et puis, mettre celui qui pend, qui godaille en tous sens, jour et nuit combien de temps ? Rien ne sèche en ce moment, rien ne sèche et tout gèle.

Comment ça se fait bon sang que maintenant ça nous arrive ?

Et quelle honte pour nous tous et pour notre caleçon – le seul qui vaille le coup, tu le sais toi aussi, tout souillé maintenant, tout trempé et tout puant au lieu de faire son temps proprement comme de juste, et qu'il nous faut enlever à présent comme une souillure. La plus fiable de nos guenilles. La plus intéressante, oui, la plus valable en tout, celle qu'on voudrait toujours épargner, oui, enfin, et voilà qu'on l'amoindrit.

Et je ne parle même pas du pantalon, mon Dieu ! Du pantalon mouillé.

Après cette sale journée.

Et qu'il faut bien enlever !

Et tu sais bien ce que c'est que d'enlever le pantalon ! La fatigue que ça entraîne. L'épuisement pour tout dire que ça donne à tout le monde.

Et bousculer en plus tous ceux qui sont couchés, qui n'en peuvent plus bien sûr, qui viennent juste d'arriver. Et alors les bousculer !

Quelle fatigue par avance quand j'y pense, rien que ça, devoir enlever maintenant notre veste trop serrée, enlever le pantalon, passer par les chevilles qui sont encore toutes bleues, qui ne demandent qu'une chose : se défaire des deux pieds, aussi vite que possible, et qu'on les laisse dormir. Parce qu'elles sont comme mordues par le rat qui les poursuit à chacune de nos foulées. Et il en va de même de nos jambes, regarde-les ! Toute allongées qu'elles sont et détachées de nos fesses posées sur la lunette, qui font les mortes maintenant, au sol, comme des rondins, et ne souhaiteraient qu'une chose : rouler dans le fossé. On en demande bien trop à la paralysée et l'autre trime pour deux. Quelle misère, chaque matin, de la voir labourer, attelée comme un bœuf et marchant tristement. Malheureuse, je te le dis, sans espoir d'aucune sorte et jamais de satisfaction. Quant à ma tête, mon dos, ils sont tellement cassés qu'on pourrait les jeter dans un hangar à bois comme des sacs de petites bûches.

Et c'est donc tous ceux-là qu'il nous faut éreinter.

Attendons quelques minutes.

Attendons, attendons.

Encore quelques minutes, dit l'homme à son caddie. Nos bras ne répondent plus. Ils n'ont ni faim ni soif… d'ailleurs, ils nous ignorent.

Attendons un moment, dans le calme, qu'ils reviennent, que la chaleur des lieux de nouveau les stimule. Car il le faudra bien.

Il faudra bien, dit l'homme, qu'on retrouve notre entrain.

Attendons, se dit-il, leur dit-il, se dit-il, dit-il à son caddie... Attendons encore un peu... Le courage reviendra.

Le courage reviendra, lui dit-il, se dit-il, il faut bien qu'il revienne, que le courage revienne, qu'il revienne, lui dit-il. Et donc il faut l'attendre, il faut bien qu'on l'attende, il faut l'attendre, oui, parce qu'il va revenir derrière la porte fermée. Le courage reviendra, il reviendra, tu sais, car la porte est fermée et le verrou aussi, et il va revenir, et alors il sera là, et mes bras seront là, et mes chevilles aussi, et ma jambe elle aussi sera là, je t'assure, et c'est au pantalon de descendre à présent, de descendre courageusement, parce qu'il le faudra bien, pour dégager le caleçon, et donc, il doit descendre, descendre courageusement, tout honteux qu'il puisse être et fâché certainement, maintenant que ça nous arrive, d'avoir été sali étant propre depuis peu... Mais bon, il doit descendre... Et il le sait lui-même, il sait qu'il doit descendre, et descendre courageusement, et donc, il va glisser, et il tombera, dit l'homme, et il devra passer par-dessus les chevilles, par les chevilles, hélas, qui toutes deux ne bougent plus, mais il le faudra bien, et le caleçon après, plein de pisse lui aussi, il faudra lui aussi qu'il descende à son tour, et ce sera à lui de descendre proprement, de tomber sur nos pieds doucement et proprement, tout infect et pisseux et déconsidéré qu'il est maintenant, dit l'homme, maintenant que ça nous arrive, il doit tomber, dit l'homme, et tomber proprement, et tous les deux, ensuite, devront aider nos bras. Mais c'est déjà à lui, au pantalon, dit l'homme, de les aider bien sûr, maintenant que ça nous arrive, et donc il les aidera, il aidera nos deux bras en tombant proprement, évitant ce faisant d'autres pénibles dégâts, et donc sans résistance, nous soulageant au mieux et prenant au sérieux cette subite déconvenue, et parce que nos deux bras, nos deux poignets, dit l'homme, nos épaules et nos coudes, tous nos doigts nous évitent, font semblant d'être morts, il doit être obligeant, mais mes bras eux aussi vont revenir, dit l'homme, parce qu'il le faudra bien, et c'est avec nos bras, derrière la porte fermée, qu'on pourra donc aller au fond de la sacoche, parce qu'il y a notre monde, parce qu'il y a notre monde minuscule et immense, parce qu'il y a la serviette, parce qu'il y a l'autre slip, et parce qu'il y a nos choses… Et c'est là qu'on se dit, se dit-il, leur dit-il, dit-il à son caddie, qu'on a bien de la chance, et c'est parmi nos choses qu'on descendra, dit l'homme, parmi nos petites choses, au fond de la sacoche, parce qu'il faudra aussi aller chercher en bas, non seulement notre linge mais tout ce qui nous importe : nos petites miniatures enveloppés de tissu aux motifs démodés et aux plis immémoriaux. Et c'est à nous maintenant d'y arriver, dit l'homme, parce qu'il faut qu'on y arrive, parce qu'il le faut, dit l'homme, et c'est d'ailleurs maintenant, dit l'homme à son caddie, parce que nous arrivons, parce que nous arrivons, se dit-il, leur dit-il, dit-il à son caddie, à ses bras, à ses jambes, à ses chevilles mourantes. Et le fond de la sacoche n'est plus bien loin maintenant, n'est plus loin, n'est plus loin, il n'est plus loin, dit l'homme, et donc nous arrivons, nous allons arriver. Nous approchons, dit l'homme, grâce à nos tâtonnements, grâce à notre courage, et grâce à toi, petit, et le fond de la sacoche n'est plus loin, lui dit-il, il est même tellement près, il est si près, dit l'homme, il est si près, si près, se dit-il, leur dit-il, dit-il à son caddie, c'est donc qu'on est en train d'arriver, lui dit-il, c'est que nous arrivons, que bientôt nous arrivons… Nous arrivons, dit l'homme.

	Préface	9
I	Un homme	17
II	Une femme et son mari	25
III	L'homme et le caddie	49

Mes chaleureux remerciements :

à Joseph Danan pour sa préface,

à Jean-Pierre Sarrazac, Pierre-Etienne Heymann,
Pierre Miollan et Véronique Berrien,
pour leur soutien,

à Paul Fave, relecteur dévoué
et généreux photographe.

Couverture : Jean-Baptiste Lacroix
Conception graphique : Allan E. Berger
Montage graphique réalisé par l'auteure
à partir d'une photographie de Paul Fave, *L'hiver pour de vrai*, 2012
Édition : BoD – Books on Demand
12/14 rond-point des Champs-Élysées, 75008 Paris
Impression : BoD - Books on Demand, Norderstedt, Allemagne

ISBN : 9782322190232

Dépôt légal : février 2020